「これに触っていいのは俺だけだ」
ダンに先端を撫でられ、腰がビクビクと震える。
（本文より）

BBN
B●BOY NOVELS

鈍色《にびいろ》の華

木原音瀬

イラスト／ZAKK

この物語はフィクションであり、実際の人物・団体・事件等とは、一切関係ありません。

CONTENTS

鈍色の華

五月晴《さつきば》れの、気持ちのいい午後だった。鶴谷文夫《つるやふみお》はカートに大量の名刺を乗せ、各階の部署に配り歩いていた。総務部を配り終え廊下に置いたカートに戻り箱の中を見ると、さっき配ったはずの人事部の名刺が一人分、総務部の箱に紛れ込んでいた。早めにわかってよかった、すぐそこだし渡してこようと踵《きびす》を返したところで、開いたままのドアから話し声が聞こえてきた。

「さっき名刺を持ってきてた白髪の細いオッサン、物品管理課の課長だろ。どうして課長が名刺配りなんかしてるんだ？」

「暇だったんじゃないの」

足が止まる。両方とも、若い男の声だ。

「いいよなあ、物管は楽でさ。で、あの人っていくつ？　定年間近？」

「まだ四十後半だと思うけど」

「えっ、マジ！　すげえ白髪だったぜ」

「老けて見えるけどうちの部長と同期だぜ、あの人」

その場にいるのも居たたまれないが、中へ入るのも彼らに悪い。間違えた名刺は一番最後に持っていくことにして、鶴谷はカートを押した。ガラガラ……床の上に響く車輪の音を聞きながら、フッと虚《むな》しさに襲われた。けれど虚しさの意味など考えてはいけない。ずば抜けた才もなく、それでも一流企業に名を連ねるこの会社の片隅に置いてもらえるだけでもありがたいのだから、感謝しなくてはいけない。

上の階へ行くエレベーターを待つ間、突き当たりにある鏡に自分の姿が映っているのが見えた。人事部の若者が、自分のことを定年間近だと言ったのも無理はない。髪はきちんと整えているものの、白髪の割合が多く、全体的にグレーがかっている。元々若白髪が多い質《たち》だったが、四十を間近にして一気に白が優勢になった。毛染めを使ったこともあるが、薬品が肌に合わなかったのか頭皮が真っ赤に腫《は》れ上がった。医師からは白髪染めを使わないよう言われている。

部署ごとの名刺をあらかた配り終え、最後は社長室と秘書課のある二十五階だけになった。前社長は、社員とは違う箔押しの凝《こ》った名刺を特注していた。けれど一昨年、三十八歳という若さで『ラビットフード』の社長に就任した兎河俊《とがわしゅん》は、無駄を省くという経営方針を体現するかのように、自らも社員と同じ仕様で名刺を作っている。

三年前、競合している企業の勢いに押され、ラビットフードは長年守り続けてきた業界四位の地位から転落した。その翌年、前社長が退き息子の兎河俊が社長に指名された。息子は就任してすぐ大規模な業務改革とリストラで組織のスリム化をはかり、それまでパッとしなかったインスタント食品に新製品を投入し、それが大当たりしてとんとん拍子に業界三位まで上りつめた。

名刺を配り終え、すっかり軽くなった空のカートを押していると、右斜め前の部屋から人が出てきた。社長と欧米人が二人。一人は金髪で、もう一人は薄茶色の髪をしている。二人とも背が高く、歳は社長よりも上に見えた。

どういった関係なのかは一社員の鶴谷にはわからないが、三人が放つオーラのようなものは敏感に感じ取った。自分とは違う強者《きょうしゃ》のオーラだ。鶴谷は次第に体が萎縮していくのを感じた。このままだとエレベーターの中で一緒になってしまう。大きなカートは外国からの客人の邪魔になるだろう。鶴谷《とぎ》はエレベーターの前で立ち止まった。社長と二人が近づいてくる。三人の足が止まり、会話が途切れるのを待って鶴谷は問いかけた。

「上へ行かれますか、下ですか?」

「下へ」

社長が答え、鶴谷は下のボタンを押した。二人の外国人と社長の視線が自分に向けられているような気がして落ち着かない。それに加え、カートがかたわらにあることが恥ずかしさを助長させた。真面目に仕事をしているのだし、カートを手にしていたからといってなんらおかしいことはないとわかっていても、どこかしら気まずかった。

カラッ……と鶴谷の足許に何か転がってきた。半ば無意識に拾い上げる。銀色のカフスボタンだ。金髪の男が一歩前に踏み出してくる。鶴谷は差し出された大きくて白い手の上にカフスボタンを乗せた。

「ありがとうございます」

外国人特有のイントネーションが残るものの、流暢《りゅうちょう》な日本語で礼を言ってくる。青い瞳、目尻の笑い皺《じわ》が優しい。つられて鶴谷も笑顔になった。

「日本語がお上手ですね」

「そうですか? 嬉しいです。ありがとうございます」

金髪の男が握手の形に右手を差し出してくる。一瞬迷ったが、鶴谷も右手を出すと、強い力でギュッと握られた。一瞬だったにもかかわらず、軽い痛みを感じた。

三人は先にエレベーターに乗り、下りていった。「あなたは?」と金髪の男に聞かれたので「私はあとで下りてゆきます」と遠慮した。

その場に留まった鶴谷の右手には、強く握られた感触がしばらく残っていた。

翌日の午後、鶴谷は社長から呼び出しを受けた。どういう用件か聞いても、電話をかけてきた社長秘書は、「話の内容につきましては、社長が直にお伝えするそうです」としか言わない。鶴谷は不安を抱いたまま、社長室のある二十五階へ向かった。秘書課に声をかけるとさっそく奥にある社長室へと案内される。

社長は電話の応対中だったらしく、鶴谷は秘書に「座って待っているように、とのことです」と言われた。木偶《でく》の坊《ぼう》のように突っ立っているのも間が抜けているので、ソファに腰掛ける。濃い茶色のソファ、尻が沈み込む極上の座り心地に恐縮する。

鶴谷は初めて目にする社長室を、物珍しさも手伝ってきょろきょろと見渡した。ラビットフードの自社ビルは築五十年と古さが目立ってきているが社長室はリフォームされているのかとても綺麗だ。部屋の広さは十五畳ほどで、入って右手の壁は足許から天井まで硝子《ガラス》張りになっている。南向きなのでとても明るい。窓から三メートルほどの位置に社長のデスク、隣にパソコンを置いてあるもう少し小さめのデスク。窓の反対側の壁は本棚。鶴谷が座っているソファは、社長のデスクの斜め前に位置している。それらの家具の他は、装飾品は壁にかけられている絵ぐらいで、モダンではあるものの全体的に殺風景な印象だ。

呼びつけられた可能性として一番高いのはリストラだが、それなら人事部からの通達で事足りる。一介の社員に、社長が直接声をかけるのは不自然だ。あと思い当たるのは、先日、エレベーターの前で外国人と社長に鉢合わせたことだろうか。社長室のある品格ただようフロアを、古いカートを押して歩く精彩《せいさい》を欠いた中年男は、社長の目に不愉快に映ったのかもしれない。自分を、社のイメージダウンと取られても仕方なかった。それを理由にリストラ……どちらに転んでも明るい話ではない。会社を辞めさせられてしまったら、家のローンが払えなくなるので売らなくてはいけなくなるかもしれない。幸いなのは、自分には守るべき妻や子がいないということだろうか。

「待たせてすみませんでした」

電話が終わったのか、社長がソファの向かい側にやってくる。鶴谷が慌てて立ち上がると「そのまま座っていて構いませんよ」と無表情に告げた。昔の映画俳優のように整った綺麗な顔立ちでスタイルもよく、男から見ても惚れ惚れするような男前だ。

「急に呼びつけて申し訳ありません」

「いえ、こちらこそ」

緊張して、不自然に声が小さくなる。

「鶴谷課長、あなたにここへ来てもらったのはお願いがあるからです」

リストラだ……鶴谷は膝の上に置いた両手を握り締め、覚悟した。

「今晩、客人の接待をお願いしたいのです」

予想もしない展開に鶴谷は「私が接待……ですか？」と首を傾げる。

社長はゆっくりと頷《うなず》く。

「先日、エレベーターの前で顔を合わせたアメリカ人のことを覚えていますか」

「私がカフスボタンを拾った金髪の方ですか？　あともう一方いらっしゃったかな」

「そうです。彼らが是非《ぜひ》とも鶴谷課長に接待をして欲しいと希望しているんです」

途端《とたん》、脇の下と額にじんわりと汗が浮かんだ。

「わっ、私が商談を纏《まと》めるのは無理です。そのスキルもない。二十年ほど前は営業にいましたが、その後はずっと物品管理課で……」

「事務職に何年も従事していて、一線にいないこともわかっています。あなたは仕事の話は一切しなくていいので、彼らが望む通り、彼らを楽しませてくれればそれでいいのです」

商談ではないと聞いて、余計にわけがわからなくなる。

「楽しませると言っても、私には芸もありません。手品ができるわけでもないし、歌も下手です」

社長は指先でこめかみを押さえ、そして鶴谷の前で足を大きく組み替えた。

「回りくどいことはやめて、単刀直入に言います。あの二人のアメリカ人はゲイです。あなたを見初《みそ》めて、あなたと遊びたいと言ってきました」

「遊び……」

「具体的に言えば、あなたとセックスを楽しみたいということです」

どうにも現実味がなく、ポカンとしてしまう。これはたちの悪い冗談で自分はからかわれているのかと思ったが、社長の顔は真剣だ。

「ところで鶴谷課長、あなたは男性とのセックスの経験はおありですか?」

「あ、ありません」

そうでしょうね……と社長は苦笑いする。

「彼らにも、あなたはゲイではないだろうと話をしたのですが、それでもいいから呼んでくれと言って聞かないんです。あなたがいい、あなたを呼ばなければ、九割方纏まっていた今回の提携もなかったことにすると言い出す始末で、私も困り果てています」

社長が気難しげに眉をひそめ、鶴谷を見た。

「はた迷惑なお願いだと思いますが、あの客人の相手をしてやってもらえませんか。機嫌を損ねて契約破棄《はき》にでもなったら、今までの投資と苦労が水の泡だ。それだけならまだしも、最悪なのは他社と提携されてしまうことです」

一息に喋《しゃべ》り、社長は息をついた。

「失礼かと思いましたが、身辺を少し調べさせてもらいました。あなたは十七年前に奥様を事故で亡くされお子さんもおらず、ずっと一人ですね。今、お付き合いをしている女性はいますか?」

「いません、いませんが……」

「そうですか。では心情的には問題ないということですね。男性の相手は大変だと思いますがこの接待、引き受けてもらえないでしょうか」

返事ができなかった。自分が性接待とか笑い話のようだ。嫌悪感よりも何よりも、男とセックスしている自分の姿を想像できない。そんな接待、自分にできるわけがない。けれど能力のない自分をリストラせずにずっと置いてくれた会社だ。多大な恩がある。嫌だとも言いづらい。

「わ……わかりません」

返事を待っている社長に、鶴谷は本音を漏らした。

「私は中年ですし、男前でもない。その、魅力的な体つきをしているわけでもありません。髪もこんな風なので、歳よりも老けて見られることも多いです。男性同士の作法も知らない私が、その方たちを喜ばせることができるんでしょうか」

社長の視線がふっと宙を泳ぎ、そして鶴谷に戻ってくる。

「あなたがゲイでもなく経験もないであろうということは、彼らも承知しています。私も正直、なぜあなたに固執するのか理由がわかりません。セックス程度で提携が確実になるならと、私がかわりに接待をすると申し出ても、あなたでないと駄目だと言って聞かないんです」

社長が自分のかわりにその身を投げ出そうとしていたと知り、驚いた。言われてみれば、たかがセックス。体を使うことに、義理立てするような人もいない。男としたからといって、これからの自分の人生が激変することもないだろう。

「会社には随分《ずいぶん》とお世話になってきました。私にできることがあれば、手伝わせてもらいたいと思います。しかし私は……その、私で満足していただける自信がありません」

セックス云々《うんぬん》よりも、そちらのほうが気になってきた。

「はっきり申し上げてもいいですか」

「あ、はい。どうぞ……」

「彼らはあなたの人間性に興味はありません。退屈な夜を、たまたま見つけた男で遊べたらと考えているだけです。もしくは私を困らせて、楽しんでいるだけかもしれない。たとえ気まぐれでも、それで契約を破棄されたらたまったもんじゃない。……私が思うに、あなたは彼らの前で服を脱ぎ、性器を見せ、興奮させて好きなように体を弄《いじ》らせていれば、それでいいんですよ」

午後八時、鶴谷は教えられた料亭へと着いた。三人は先に始めている予定で鶴谷は時間をずらして来るようにと言われていた。

古風な木製の塀にぐるりと囲まれたそこは、木戸の前に「かいな」というシンプルな看板が置かれているだけで、知らなければ料亭だとわからないような造りになっていた。鶯色《うぐいすいろ》の着物を着た中年の女性が出てきて、中へと案内される。木戸をくぐった途端、そこはまさに高級料亭という世界になった。黒い石畳の周囲には、美しい砂利が敷き詰められている。右手には細長い庭園がありその横を小さな川が流れ、等間隔で石灯籠《いしどうろう》が並び、仄かな明かりが幻想的な世界を作り上げていた。

人の声は遠く、ししおどしの音が高く響く。鶴谷はここが東京の一等地だということを忘れそうになった。一人では一生来られないような店。美しいものに見とれながら、石畳に響く自分の靴音に鶴谷は違和感を覚えた。軽過ぎる靴音は、自分のような人間が来る場所ではないと暗《あん》に教えてくるような気がして怖くなる。

店は古い建物らしく、天井が低かった。歩くと廊下が小さく軋《きし》む。社長が接待をしている部屋は、料亭の奥まった場所にあった。

「お連れ様がいらっしゃいました」

案内の女性がそう告げると、中から「どうぞ」と社長の声が聞こえた。襖《ふすま》が開く。その向こうは十畳ほどの部屋になっていて、中央にある座卓で向かい合わせに社長と二人の外国人が座っていた。不安と緊張で体が震えるのを気づかれないよう表情を引き締める。

「よく来てくれました、鶴谷さん」

金髪の外国人が人懐っこい顔でニコリと微笑みかけてくる。鶴谷は「このたびは、お招きいただき、ありがとうございました」と深く頭を下げた。背後で襖の閉じる音がする。鳥籠《とりかご》の扉が閉まる気配に、鶴谷は覚悟を決めた。

料理が沢山《たくさん》並べられた長方形の座卓に金髪と薄茶色の髪の二人が並び、向かいに社長が座っている。自分は社長の隣に座るのだろうと思っていたが、二人は互いの間に不自然に大きなスペースを作った。ここへ座れということらしい。座布団まで用意され、鶴谷は仕方なく二人の間に正座した。自分よりも大柄な欧米人に挟まれると、視覚的にも圧迫感がある。男性用の香水に混じって、雄臭い匂いがする。……体臭だろうか。

「鶴谷課長、左に座っている方がエリック&ロナウド社の海外事業部、アジア地区の最高責任者のダン・カーター氏です」

「よ、よろしくお願いします」

エリック&ロナウド社は、アメリカでは清涼飲料水で大きなシェアを誇っている大企業だ。薄茶色の髪、緑色の瞳のダンは無言のまま右手を差し出してきた。鶴谷はおそるおそるその手を握った。人懐っこそうな金髪の男と違い、ダンは酷薄《こくはく》そうに見える。細い輪郭《りんかく》と切れ長の瞳が、余計にそう感じさせるのかもしれない。

「鶴谷さん、私はヒューイ・アダムスといいます。ニューヨーク本社でマーケティングの責任者をしています」

反対側から、明るい声が聞こえてくる。金色の髪、青い瞳で豊かな表情。明るいアメリカ人のイメージそのもののヒューイが微笑みかけてくる。

「どうぞ、飲んでください」

ヒューイから強引にグラスを手渡され、ビールを注がれる。料理はまだ沢山残っているし、来てすぐにセックスというわけでもなさそうだ。ガチガチに緊張したままグラスをじっと見つめていた鶴谷は、社長が怪訝《けげん》な表情で自分を見ていることに気づいた。なぜだろうと考え理由に思い至った時、指先が震えた。自分が接待をしなくてはいけないのに、これでは相手に接待をさせてしまっている。

「もっ、申し訳ありません。私が先にお酌《しゃく》を……」

慌てた鶴谷は、相手にビールを注いでもらっているということをすっかり忘れ、無意識に右手を動かしていた。

「OH!」

振り回したグラスからビールが飛び散り、ヒューイのスラックスの上にビシャッと降りかかる。

「あっ、あっ、すみません、すみません」

服を脱ぐ前から、こんな失態をしでかすとは思わなかった。鶴谷は真っ青になり、手近にあったおしぼりを摑むとヒューイの膝を拭った。

「本当に、本当になんとお詫びすればいいのか」

ヒューイの顔も、そして向かいで自分の失態をつぶさに見ていたであろう社長の顔も直視できず、鶴谷は深く俯《うつむ》いた。

「お詫び、とは謝ることですね。必要ありませんよ」

顔を上げると、ヒューイは優しげな目で艶然《えんぜん》と笑っていた。

「あなたの考えていることはわかります。私の服を早く脱がせたいのでしょう。積極的で嬉しいですが、今回は私たちに主導権を握らせてください」

ヒューイは手にしていたビール瓶から直接、鶴谷の股間にドボドボと中身を注ぎかけた。黄金色の液体がプチプチと弾けながら股を濡らし、お漏らししたように座布団に広がっていく様を、鶴谷はただ呆然《ぼうぜん》と見ていた。

「ああ、大変なことをしてしまった」

慌てた素振りも見せず、日本語を棒読みすると、ヒューイはポケットから真っ白なハンカチを取り出し、鶴谷の股間をやんわりと押した。直接的な刺激に喉がグッと鳴り、反射的にその手を挟み込むように膝を閉じていた。

「股を開いてください、鶴谷さん。そうしないと拭けません」

喋りながらも、股の間の手が動く。……気持ちが悪い。

「そっ、そんな滅相《めっそう》もない。じっ、自分で拭きます」

「私が拭きたいんです。ねっ、拭かせてください」

若く見えても三十代後半だろうに、邪気《じゃき》のない少年のような青い瞳でおねだりしてくる。

「ですが、そんな……」

「楽しみを奪わないでください」

その言い方に、ようやく鶴谷は果たすべき役割を思い出した。自分はここに、ゲイの二人を自らの体で楽しませるために呼ばれた。接待はこの部屋に入った時から始まっているのだ。

羞恥心をかなぐり捨て、鶴谷は閉じていた膝頭をゆっくりと開いた。それを待っていたかのように、ヒューイの指が動き出す。濡れた股間に押し当てたハンカチごとペニスと陰嚢《いんのう》を混ぜるように何度も揉みしだく。

「沢山染みてしまったから、きちんと拭いておかなければいけません」

股間を這い回る指はおぞましいのに、それだけでは説明できないゾクゾクした感触に、鶴谷の両肩は不自然に揺れ、呼吸が異様に速くなる。死んだ妻は自分から口づけをするのも恥ずかしがるような奥ゆかしい女で、男の性器には触れようともしなかった。鶴谷ももとから性欲は薄い質で、刺激的な性交は望まなかった。風俗の経験もない。なので布越しとはいえ、自らの性器を他人に弄られるのは初めてだった。

「息が速い。私は拭いただけなのに、感じてしまったんだね」

「あっ、あの……」

不意に股間を強く握られ、鶴谷は「ひいっ」と悲鳴をあげた。

「最初から弄りすぎるな。彼は男が初めてなんだろう」

ダンに叱られ、ヒューイはチッと舌打ちして股間から手を離した。鶴谷はワイシャツの胸許を押さえ、ホッと息をついた。助け船を出してくれたダンに感謝する。もう少し若い頃だったら、あの刺激で勃起していたかもしれない。反応の鈍い今は固くなったぐらいで、形状的な変化はない。ベッドの上ならともかく、こんなに明るい中、社長も見ている前で勃起させられるのは恥ずかしかった。

「鶴谷さん」

ダンの声に振り向く。

「スラックスを脱ぎなさい」

自分を救ったはずの声が放った命令口調に、鶴谷は「えっ」と問い返した。

「濡れてしまっているだろう。穿《は》いていても仕方ない」

「でも、そうすると下着だけになってしまいます」

いくら個室とはいえ、自分だけズボンを脱ぐのは恥ずかしいし、急に中居が入ってこないとも限らない。出入り口は襖で、鍵などかからない。

「鶴谷課長、カーター氏の勧めるようにスラックスを脱いではどうですか」

社長にまで勧められ、鶴谷は混乱した。体で楽しませるという趣向は理解しているが、自分が恥ずかしい姿になるのも彼らの楽しみの一つだというのだろうか。

「鶴谷さん、是非ともそうするといい。気持ち悪いだろう」

金髪の男、ヒューイにもけしかけられる。俯いてやりすごそうとしていたが、三方向からのプレッシャーに耐えかねて、鶴谷は立ち上がった。

「あ、それでは……その、失礼して……」

鶴谷は部屋の隅へ行き、スラックスに手をかけた。脱いだモノをどうすることもできず、その場に畳んでおく。上はワイシャツと背広なのに、下はブリーフ、靴下だけというなんとも間抜《まぬ》けな姿で、二人の欧米人の間に戻る。途端、両脇から粘つくような視線が自分の足や股間にまとわりつく。

ヒューイの左手が鶴谷の太腿に触れ、ゴクリと唾を飲んだ。熱のある湿った手のひらがヘビのように太腿の上を行き来するたび、背筋が波立つようにゾワゾワする。それは刺激と嫌悪が混ざった奇妙な感触だった。

「ああ、吸いつくように柔らかな肌だ。君と初めて握手をした時に思ったんだよ。なんて気持ちのいい手のひらだろうとね」

　すると今度は左から、鶴谷の太腿に触れてくる手があった。ダンの指だ。

「ヒューイが素晴らしい、素晴らしいとうるさいから、どんなものかと思ったが、確かにこれは極上だ。日本人とは何度か経験はあるが、こんな感触は初めてだ」

　左右の太腿を、違う指で、違うリズムで触れられる。その不安定な刺激に混乱し、鶴谷は一人で泣きそうになった。

「外国の方々は日本人の肌は美しいとよく言われます。その中でも、日本人からも羨《うらや》ましがられるほど肌の美しい人が希《まれ》にいます。彼がそうなのかもしれませんね」

　羞恥に晒される鶴谷の前で、社長は淡々と喋る。

「日本人は、奇跡の人種だな」

「その奇跡の国に、あなた方はやってきているということですね。ところで我が社との技術提携の件ですが……」

　社長は途中から英語で喋り始めた。ダンとヒューイの返答も英語だ。二人は日本語が流暢だが、細かい話や打ち合わせになると、使い慣れた英語のほうがいいのだろう。鶴谷も大学まで英語は勉強したが、使いこなすまでには至っていない。ゆっくり話してもらえれば、単語を拾って意味を推測することもできるが、ネイティヴスピーカーの会話スピードだと、単語を拾うこともままならなかった。

三人が話をしている間、鶴谷はぽつんと取り残された。微妙な居心地の悪さに、一人だけズボンを脱いだままでいるという羞恥が追い打ちをかける。英語が両の鼓膜に響く中、不意に左膝の上に置かれてあったダンの指が動いた。こちらを見ずに撫で回してくる。それだけではなく、ぴったりと合わせた膝を開けとでもいうように、膝頭を左へと引っ張られた。それに気づいたのか、右側にいたヒューイも膝頭を右へと引っ張る。二人に抗《あらが》えず、鶴谷は正座したまま股を大きく開く羽目になった。

開いた太腿の股間に近い柔らかい部分をダンの指先が押してくる。ヒューイもブリーフの線を何度も辿る。いつその手が中に入ってくるかと思うと、鶴谷は気が気ではなかった。拒否できないとわかっていても、その瞬間が怖い。それ以上に不気味だったのは、二人とも自分を見てはいないことだった。社長と真剣に話をしながら、なぜ平然と卑猥《ひわい》なことができるのかわからない。どんどん大胆になってくる二つの指は、布地の上から鶴谷の性器をなぞり始めた。

「あっ」

ペニスを摘《つま》まれて思わず声が漏れた。しかし誰も自分のことなど気にせず話をしている。そのうちダンの手がブリーフの中に入ってきて、直に鶴谷自身に触れ始めた。太い指が鶴谷のペニスのくびれを強弱をつけて擦る。それに気づいたヒューイも、負けじとブリーフの中に手を入れてきた。一つのブリーフの中で二人の指が、まるで喧嘩《けんか》するように鶴谷の性器を弄る。ペニスを先と根本で奪い合う。ブリーフの両裾からはみ出し、左右から引っ張られる自分の陰嚢を見ながら、鶴谷はあまりの情けなさに涙が出そうになったが、ぐっと堪《こら》えた。泣いてしまえば、きっと二人を興ざめさせてしまう。こうやって弄られ、二人の性的好奇心を満たすのが自分の務めなのだ。

鶴谷のブリーフの中で散々争ったあと、まるで遊びに飽きたように二人の指は離れていった。沈黙に鶴谷が顔を上げると、もう英語は聞こえてこない。話し合いは終わったようだ。

「話をしている間、退屈だったろう。すまなかったね」

ヒューイが作り物のような笑顔で謝罪する。

「退屈はしてないだろう。お前と私で随分と相手をしてやったと思うが」

ダンは憮然《ぶぜん》とした表情で言い放つ。まるで怒っているようだ。

「私のことは気にせず、みなさんどうぞお話を続けてください」

精一杯気を遣ったつもりだったが、ダンは不機嫌な表情のまま無造作に鶴谷のブリーフに右手を突っ込んだ。そして前開き穴から排泄時のように力のないペニスを引き出した。

「そのまま立ち上がりなさい」

鶴谷の目を見て、ダンは冷徹に言い放った。しかし、立てばこの珍妙な姿を社長の目に晒してしまうことになる。ぐずぐずしていると、怒鳴り声が飛んだ。

「私は立てと言っている！」

不機嫌さをそのままぶつけてくる男に、鶴谷は震え上がった。感情の起伏の激しい人間は苦手だ。怒鳴られると、それが部下であっても萎縮してしまい、何も言えなくなる。鶴谷は両手で股間を隠して、震えながら立ち上がった。

「股から手を離しなさい」

どうしても見られたくなくて右手を外し、左手を残した。往生際《おうじょうぎわ》の悪い鶴谷に苛立《いらだ》ったのか、ダンは鶴谷の左手を叩くようにして股間からどけさせた。逆らい切れないまま、鶴谷はブリーフの割れ目から間抜けに引き出された己のペニスを、社長の目に晒すことになった。社長も社長で、じっとそこを見つめてくる。人生最大の羞恥に、全身が焼けるように熱くなった。

「鶴谷さんはシャイだね。顔が真っ赤になっているよ。ジュニアハイスクールの頃、告白してきた女の子を思い出すな。彼のように真っ赤になって、可愛らしかった」

下から鶴谷の顔を覗《のぞ》き込み、ヒューイが楽しそうに語る。

「今の彼は可愛いというより、コミカルですが」

社長が客観的に呟き、二人がドッと笑う。鶴谷の胸にやるせなさに似た感情がウッと込み上げてきたが、じっと我慢した。これが仕事、なのだ。

「お前は恥ずかしい男だ」

ダンの厳しい声が、鶴谷の鼓膜に突き刺さった。

「人前でスラックスを脱いで、ブリーフだけになっている。そしてブリーフの間から、自慢げに自分のペニスを見せびらかしている。そんなに自分のペニスを見せつけ、触られたいのか？　どうしようもない変態だ」

スラックスを脱いだのも、この姿で立ち上がったのもダンの指示だ。彼の言葉に従っただけなのに、まるで自分からやったように言われ、鶴谷は我慢できなかった。

「私はあなたの……」

「お前の年齢は？」

鶴谷の反論を遮るように、ダンが質問してくる。仕方なく正直に答える。ダンは続けて「恥ずかしい中年男だ」と言い放った。

「髪が白くなり、孫がいてもいい歳になって、よくこんな恥ずかしいことができるものだ。この淫売。人前でペニスを晒して、お前は恥という言葉を知らないのか」

鶴谷は怒りで青ざめたままブルブル震えた。怒鳴ってはいけない。怒ってはいけない。機嫌を損ねたら、提携が駄目になる……。

「ダン、鶴谷さんはそういうタイプではないようだね」

ヒューイがひょいと肩を竦《すく》める。

「ほら、ここもだらんとしたまま、固くなったりしてない」

萎《な》え切った鶴谷のペニスを、ヒューイはメトロノームのようにぶらぶらと左右に揺らした。

「綺麗《きれい》な色だ。小さいけど形もいい。どんな風に勃起するのか楽しみなんだけど鶴谷さんは見られたり、弄られたり、意地悪されて興奮するタイプではないんだね」

ヒューイは喋りながら、鶴谷のブリーフのウエストゴムに指をかけ、足許まで引き下ろした。ダンへの怒りで頭が煮えたぎるようだった鶴谷は、敢《あ》えて全貌を晒した股間を隠そうとはしなかった。

「髪は白と黒が混ざってグレーなのに、アンダーヘアーは黒いままなんだね」

明るい蛍光灯にさらされた下生えを指先で弄りながら、ヒューイは鶴谷の股間に顔を近づけ、クンクンと匂いを嗅《か》いだ。無意識に腰が引けてしまう。

「日本人は体臭が薄いな。鶴谷さんがどんな匂いがするのかわからないよ」

下を脱がされたまま、再び鶴谷は座らされた。脱がされたブリーフはヒューイの右側に置かれてしまい、手が届かない。穿かせて欲しいと言っても、許されそうもなかった。

鶴谷は左隣のダンを見ないようにしながら、考えた。ゲイの男の接待は、単に肉体を与えるだけではなく、精神的に辱《はずかし》められ、虐《いじ》められることも含まれるのだろうか。だとすれば鶴谷は後悔していた。この歳になって精神的に責められるのは辛い。たとえそれが戯《たわむ》れでも、人は傷つくのだ。

「そういえば」

ヒューイがパチリと指を鳴らした。

「日本には面白い遊びがあると聞きました。人間の上に料理を置くそうですが、それは本当なんですか？」

「女体《にょたい》盛りのことですね。全裸の女性の上に料理を盛りつけ、裸を愛《め》でながら食事をするというものです。一般的ではありませんが、愛好者はいますね」

社長が答える。

「鶴谷さんにやってもらえないのかな？」

ヒューイの提案にギョッとした。案の定、社長は苦笑いしている。

「今からでは無理ですね、申し訳ありません。事前に聞いていれば、用意できたと思うのですが」

鶴谷は耳を疑った。もし事前に女体盛りをしたいとヒューイが言っていたなら、社長は自分にそれをさせたのだろうか。料理を盛りつけるとなると、密室の中だけではなく、料理人にも自分の痴態《ちたい》を晒すことになる。……冗談ではなかった。

「美しく盛りつけるのは無理ですが、皿の上の食事を鶴谷課長の上で食べさせてもらえば、雰囲気だけは味わえますすよ」

「どんな風に？」

ダンに質問され、社長が立ち上がった。近づいてくる。

「鶴谷課長、横になってもらえますか」

言われるがまま、鶴谷は畳の上に仰向けになった。料理人に盛りつけられることに比べれば、真似事ですむこちらのほうがまだましだ。社長は鶴谷のネクタイを外し、シャツを脱がせた。女体盛りという言葉は聞いたことがあるが、鶴谷も実際には見たことがない。しかしどういうものか、想像はつく。

ヒューイがピュッと口笛を吹いた。

「鶴谷さんの乳首は綺麗なピンク色だ」

「鶴谷課長は色が白いので、ピンク色が映《は》えますね」

「乳首に毛が生えてるぞ」

ダンが鶴谷の胸許を覗き込み、眉をひそめた。

「女性と違って、日本の男性はそういう場所の手入れを積極的にはしませんから」

ダンの指が鶴谷の乳首に近づき、ブチリと毛を抜き去った。

「痛っ」

鶴谷が睨《にら》むと、ダンは平然とした顔で言い放った。

「その毛は不愉快だ」

助けを求めて社長を見上げても、視線で諭《さと》される。逆らうな、と。鶴谷は唇をぎゅっと噛み締め、針で刺されるような痛みをやり過ごした。ダンは左右の胸にあった数本の毛を、勝ち誇った表情で全て抜き去った。

「ダン、君が虐めるから鶴谷さんの乳首が赤くなってしまった」

痛みでうっすらと赤く盛り上がった乳輪を、ヒューイが指先で摘む。毛を抜かれて敏感になってしまったのか、摘まれただけで背中がゾワゾワする。感じている様をダンが嬉しそうに見ているのが悔しい。

社長は皿に残っていたフルーツ、切り分けられたパインやメロン、イチゴや桃をいくつか鶴谷の腹や胸に乗せていった。

「こういう風に食べ物を乗せ、それを箸《はし》で摘んで食べるのです」

社長の説明が終わる前から、ヒューイは箸でパインを挟もうとした。しかしこの料亭で出された箸は割り箸ではなく、丸く削られた上に塗りを施した品のよいものだったので挟みにくかったのか、パインは箸の間から滑り落ちて鶴谷の腹の上にぽたりと落ちた。ヒューイはにやっと笑うと、顔を近づけて直にフルーツを食べ、ついでに舌先で鶴谷の臍《へそ》の横をゾロリと舐め上げた。

「ひいっ」

鶴谷が体を捩《よじ》ると、体の上に置かれたフルーツも揺れた。

「お前は箸を使うのが下手だ」

ダンは呟き、鶴谷のみぞおちにあった桃を箸で摘んだ。けれど胸の近くでヒューイのようにぽたりと落とす。

「あっ……」

鶴谷は小さく叫んだ。ダンの箸先は、桃ではなく薄桃色の乳首を摘んでいる。毛を抜かれた刺激で尖ったそれを、箸で摘んだまま揺さぶり、いたぶるように弄《もてあそ》ぶ。それを見たヒューイがハハッと笑った。

「ダン、お前が一生懸命に摘もうとしているソレは、どうも食べ物じゃなさそうだぞ」

「いえ、カーター氏はこの遊びの奥深さをよく知ってらっしゃる。本来、これはそうやって楽しむものですからね」

社長はダンの行為をやめさせようとはしない。鶴谷は弄ばれる自分の胸を見ないよう、視線を逸らした。箸で散々乳首を弄ったあと、ダンはヒューイのように直接口で桃を食べた。食べながら、唇で乳首を挟み込む。湿った粘膜の柔らかさに、鶴谷は動揺した。自分の胸を吸っているのは男だとわかっていても、腰が痺れる。舌先で乳首を突かれ、吸い上げられて、むず痒い刺激がじわじわと下半身にこもり、ずしりと重たくなる。そんな甘さも一時で、胸にぴりっとした痛みが走った。……噛まれたのだ。けれど痛みも一瞬で過ぎ、また舌先で嬲《なぶ》られる。ちろちろと横目で鶴谷の表情を伺うダンの目は、嬉しそうに細められている。

「君ばかり楽しむのは不公平だよ」

ヒューイからの苦情で、ダンは鶴谷の乳首から唇を離した。ダンに舐められ、噛まれた右の乳首は唾液でぬらぬらと光り、左と比べて不自然なほど先が膨《ふく》らんでいる。

ダンに触発されたのか、ヒューイは腹の上にあったイチゴをわざとらしく摑めぬ振りをしながら、下生えの傍《そば》まで持っていった。そしてよりにもよって鶴谷の萎え切ったペニスを箸で持ち上げた。

「こんなところに、美味《おい》しそうなソーセージがあった」

鶴谷は泣きそうな顔のまま赤面した。社長は失笑しているし、ダンに至っては肩を竦め、首を横に振りながらため息をつく。

「随分としなびたソーセージだな」

ダンの皮肉に、ヒューイは余裕の表情でにやりと笑った。

「これから立派なソーセージに育てていくのさ」

宣言しヒューイは箸で摘み上げた鶴谷のペニスを口に含んだ。

「ひっ、ひぃいいいっ」

叫び、鶴谷は体を捩った。腹や胸に置かれてあったフルーツがボロボロと畳の上に落ちていく。鶴谷はこれまで、ペニスを口に含まれたことも、舐められたこともない。初めて経験する人の口の中は、生温かく、しっとりと濡れている。舌先で割れ目を突かれ、腰にズンと重量感のある痺れが来た。わかる。わかってしまう。自分のそこが充血し、固くなっていくのが……。

「あっ……あの……あの……ひぃっ、ああっ」

くびれを唇で締めつけられ、あられもない声が出た。股間にヒューイがいるのに、悶《もだ》える体を止められない。

「鶴谷さん、気持ちいいのはわかるけどもう少しおとなしくしてくれないと、楽しめないよ」

そう言われても、体が言うことを聞かないのだ。膝頭が震える。鶴谷は怖かった。闇雲《やみくも》に怖い。どうして自分はこんなに得ているのだろう。まるで初めて自慰をした時のような、後ろめたい、けれど激しい快感を得ているのだろう。鶴谷は小さく喘ぎながら、目尻にうっすらと涙を浮かべた。

「鶴谷課長、どうしたんですか?」

異変に気づいたのか、社長が声をかけてきた。

「申し訳ありません。私が不慣れなだけでして……」

「不慣れ?」

「こういうことは、初めてでして……」

ペニスはもう舐められてはいないのに、下半身の熱が引かない。

「その……これまで下のほうを舐められたことがなくて……」

社長の目が、気の毒そうに鶴谷を見下ろした。

「アダムス氏、よければ少し手加減してあげてくれませんか。鶴谷課長は、これまでフェラチオの経験がないそうです」

ヒューイは「冗談だろう」と目を大きく見開き、大げさに両手を広げた。

「彼は結婚していたんだろう。それでフェラチオの経験がないなんて信じられない」

「セックスは人それぞれですからね。日本人の場合、積極的な愛し合い方を好まない夫婦も多い。鶴谷課長もそうだったのでしょう」

社長の説明に、ヒューイは「なんてことだ」と頭を抱えた。

「その歳になるまで、フェラチオも知らずに過ごしてきたなんて、なんたる不幸だ。今日は私が、真の官能とは、セックスとはどういうものかをじっくり教えてあげるよ」

社長の助言は、ヒューイを手加減させるどころか恥ずかしい行為を助長させた。一度舐められる快感を覚えたペニスは貪欲で、口腔《こうこう》に含まれただけではしたなくビクビクと震えた。鶴谷がどれだけ悶えても大丈夫なように、ヒューイは鶴谷の腰を両腕で抱え込んでフェラチオを続けた。ペニスを甘嚙みされながら袋を揉みしだかれ、鶴谷は下半身から迫り上がってくる快感をどうにもできないまま、悶えながら左右に体を捻《ひね》った。

「触る程度じゃエレクトしなかったが、フェラチオだとこの通りだ」

ヒューイの唾液に濡れて、屹立するペニスがダンと社長の眼前に晒される。妻が死んでからずっと右手で処理してきたが、疼《うず》くから出すのであり、半ば義務的だった。自分でやってもこれほどの快感を得たことはない。そして到達点はまだ知らない。煽《あお》るだけ煽られたままで、鶴谷はまだ射精していなかった。

「色も薄く、日本人らしく繊細な雰囲気だったが、エレクトすると濃いピンク色になったな。まるで妖艶な芸者のようだ」

呟き、ダンが張りつめた鶴谷の先端を指先でピンと弾いた。それだけで腰に淡い痺れが走り「あんっ」と声が漏れる。

「彼は口での刺激に弱いんだな。ペニスもそうだし、乳首を吸っていた時も感じていた」

ダンが冷静に分析する。

「快感に従順なのはいいことだよ。自己を解放できる。……フェラチオが初めてなら、ここを攻められたこともないだろう」

ヒューイの白い指が鶴谷のペニスを握り締め、親指で鈴口を押した。

「ひっ」

円を描くように先端を撫でられ、ニチャニチャと粘ついた音がする。

「あっ、あっ……」

「ヌルヌルした精液を滲《にじ》ませているここを、愛撫されたこともね」

鶴谷は嫌々をするように両手で顔を隠したが、ダンがその手を上に引き上げた。耳許で「正直に答えろ」と囁かれる。

「な……いです」

弱々しく答える。ヒューイは手を伸ばし、座卓の上から何か取ってきた。箸だ。塗りのある黒く細長い箸が、蛍光灯の明かりの下で鈍く光っている。

「これもきっと気持ちがいいはずだ。天国に連れて行ってあげるよ」

ヒューイが箸を手にしても、鶴谷は自分の身に何が起ころうとしているのかわからなかった。丸い先端がペニスの割れ目に近づけられた時、ようやくそれを理解した。

「なっ、何をするんですかっ」

「君のエロスを、内側から引きずり出してあげるよ」

ヒューイが上唇をペロリと舐める。箸の先端が割れ目に触れ、鶴谷は身を捩って暴れた。

「いっ、嫌だ。怖い。社長、嫌です。やめさせてください。嫌っ……」

両手を押さえていたダンが、鶴谷の耳許で怒鳴った。

「動くな。子供のように暴れていると怪我をするぞ」

脅かされ、鶴谷はブルッと体を震わせた。

「そっ……そんなところにあんな大きなものが入るわけないっ」

「奥までは入れない。入り口を擦るだけだ」

「でっ、でも嫌っ……」

「baby」

今まで怒鳴っていた男に優しく耳許で囁かれ、鶴谷は涙で濡れた目を大きく見開いた。

「何も怖くない。リラックスして。いい子だから、おとなしくして」

まるで恋人のように頬にチュッ、チュッとキスされる。それに戸惑っているうちに、先端に細いものがヌルリと入ってくる気配がした。

「あっ、ああ……嫌っ、嫌っ、ひいいいっ、ああああっ……」

痛くはなかった。痛くはないが、違和感が凄い。気持ち悪い。狭い粘膜を掻き分けミチミチと進んでくる感触は、かつて鶴谷が経験したことのない種類のものだった。

「痛くないでしょう。そこ、鶴谷さんの精液が溢れかけてたからね」

ヒューイが自信満々に呟き、そして挿し入れた箸をゆっくりと動かし始めた。擦れる感触に、目眩《めまい》がする。体の中で、得体の知れないものが蠢《うごめ》く感触はたまらなく不愉快だが、それを凌駕《りょうが》する心地よさがある。大波のように押し寄せてくる快感に、抗うことなどできなかった。

「ああっ、あっ、あっ、ひいいいっ……あっ、あっ……」

目の前がチカチカする。

「ひいいっ、ああっ、あん、ああっ、あっ、あっ……嫌あっ、あっ」

鶴谷はバタバタと大きく上半身をくねらせた。泣きながら身悶える鶴谷の頬を、ダンがゾロリと舐める。

「助けて、あっ、やあっ……それっ、やあああ」

「中を少し擦っただけで、そんなになってしまうんだね。何度もこういうプレイをしてきたけど、君みたいに感じている子を見るのは初めてだなあ。可愛いよ」

ヒューイは嬉しそうにどんどん奥まで挿し込んでくる。

「ひっ、ひっ、ひいいいいっ。ああ……ああ……」

「どんな気持ちだ？」

耳許でダンが囁く。

「ペニスの中を擦られるのが気持ちよくて仕方ないんだろう」

鶴谷は首を振った。

「嘘をつくな。正直に言えば、楽にしてやる」

何が楽になるのかもわからないまま、鶴谷は頷いた。

「声に出して言え。ペニスの中を弄られて、気持ちがいいと」

頭の中は朦朧《もうろう》として、何がなんだかわからない。考えることも放棄する。

「きっ、気持ちいい。気持ちいい。ペニスを擦られて、気持ちいい……」

ダンはニッと微笑むと、鶴谷の耳許で「淫乱」と吐き捨てた。

「お前のような男を、日本ではそう呼ぶんだろう。ペニスの先を弄られて、恥ずかしいのに感じるお前は、雌豚だ」

鶴谷はヒッとしゃくり上げた。

「いい歳をして、あんなにパンパンにペニスを膨らませて、恥ずかしくないのか。お前、男は初めてなんて嘘だろう。これまで何度もああやって、ペニスの先を弄らせてきたんだろう」

「ちっ、違う。本当に私は女性しか、妻しか経験がな……」

「初めてであんなに感じるなんて、お前はやっぱり淫乱だ」

「ちがっ……はああっ、やあああっ、あああっ。ああ、ああ……」

中を擦られる速度が速くなる。心臓が止まりそうなほど凄まじい快感に鶴谷は「ひいいいっ」とあられもない悲鳴をあげながら達した。射精する寸前、ヒューイは箸を抜き取り、ペニスを左右に振った。鶴谷の欲望は、腹の上だけではなく周囲に撒き散らされた。二人の男は鶴谷の腹や胸に飛び散った精液を、犬のようにペロペロと舐め取る。鶴谷はハアハアと肩で息をしながら、その異様な光景を快感の抜け切らない頭でぼんやりと見ていた。

「味見はいかがでしたか」

社長の淡々とした声が聞こえる。

「予想をはるかに超えるいい代物《しろもの》だ。これほど反応がいいとは思わなかった」

ダンが鶴谷の頭を優しく撫でる。

「では中身のほうをこれからじっくり味わっていただくことにしましょうか」

立ち上がった社長は座卓の右側、二人の背後に近づくと、スッと襖を開いた。

「素晴らしい！」

ヒューイが叫び、声につられて鶴谷は体を起こした。

……襖の向こうには、時代錯誤《さくご》な緋色《ひいろ》の布団が一組敷かれてあり、右隅には和風の灯籠型のライトが、薄暗い中で淫靡《いんび》な光を放っていた。

接待の翌日と翌々日、鶴谷は会社を休んだ。ハードなセックスで体力も気力も搾《しぼ》り取られ、終わったあとは一人で歩くこともままならぬほど消耗《しょうもう》していた。

三日目からはなんとか動けるようになったので出社した。二日間の休みは、部署内では「休暇」扱いになっていたので、誰からも休んだ理由を問われることはなかった。

出社したはいいものの、鶴谷は後遺症で長時間椅子に座れなかった。そんな状態は出社できるようになってからも、三日ほど続いた。しかし鶴谷が体を張った効果はそれなりにあったようで、社長から鶴谷にメールで「提携が決定しました」という報告があった。それから一週間後、ラビットフードが食品の冷凍技術においてエリック&ロナウド社と提携したと社内にも通達があった。

時間が経つのは早く、あの爛《ただ》れた夜から瞬く間に一か月が過ぎ、六月になった。鶴谷は今でも頻繁《ひんぱん》にあの夜のことを思い出す。簡単に忘れられないほど強烈に記憶に残った。座敷で鶴谷を弄んだあと、閨《ねや》でも二人は鶴谷を翻弄した。排泄することしか知らなかった尻をこじ開けられ、受け入れることを覚えさせられた。口にペニスを含まされたのも、精液を飲まされたのも初めてだった。二人は鶴谷を「baby」と呼び、交互に鶴谷の尻を犯し、尿道と同じく尻が弱かった鶴谷を頭がおかしくなりそうなほどよがらせ、溢れ出すほど精液を注ぎ込んだ。

仕事だと割り切って臨《のぞ》んだ接待なので、後悔はない。無事提携も決まったので、結果も出ている。自分のどこがよかったのか未だよくわからないが、それでも二人は満足していたようなので、それはそれでよしとする。けれど……。

パソコンを操る手を止め、鶴谷は窓の外を眺めた。外は雨が降っている。雲は鉛《なまり》のような鈍色《にびいろ》だ。傘を持ってくるのを忘れた。帰りまで降らなければいいが……と思っていると、不意に目の前の電話が鳴り始め、受話器を取った。社長秘書からで、今すぐ社長室に来て欲しいとのことだった。

胸騒ぎがする。行きたくないが、行かないわけにもいかない。秘書室に顔を出すと、すぐさま社長室へと案内された。秘書が先にドアを開け、鶴谷を中へと促す。部屋に入るまで、鶴谷は来客があると知らなかった。

「私の baby、会いたかったよ」

声を聞いた途端、体が硬直した。ヒューイがソファから立ち上がり、大股で近づいてくると鶴谷を思い切り抱き締めた。一人ではない、ダンもソファに腰掛けてこちらを見ている。

「ヒューイ、先に鶴谷課長と話をさせてください。時間がありません」

ヒューイは拗《す》ねた表情で渋々と、体を強ばらせたままの鶴谷を支えるようにして社長の前へと連れて行った。

「詳しい話はあとで、今は決定事項だけ話します。明日付であなたは秘書課へ異動し、私の専任秘書になります」

「専任秘書……？」

「新しい役職名です。表向きはスケジュール管理ですが、それはこれまでの秘書がやってくれるので、実質あなたは何もしなくていい。手持ち無沙汰《ぶさた》だと言うなら、この部屋の片付けでも、資料整理でも好きな仕事を与えます」

「あの、どういうことでしょうか」

鶴谷はおそるおそる問い返した。

「あなたは社長付の専任秘書で、私の命令で頻繁に出張することになります。海外が主なので、物品管理課ではいささか都合が悪いのです」

「お話がよくわからないのですが……」

「平たく言えば、接待の海外版です。彼らが望む時、私はあなたを海外へと接待に行かせます」

とんでもない話に、鶴谷は我が耳を疑った。本気……なのだろうか。

「話はそれで終わりだね」

ヒューイがデスクの前に突っ立っている鶴谷を背後から抱いた。外国人特有の、濃い体臭が鼻孔に絡む。

「私たちは、あと一時間しかここにはいられないんだから」

だだっ子のようなことを言うヒューイに、社長は「お待たせしました」と一歩下がった。

「私は隣の休憩室にいます。鶴谷課長、彼らはあと一時間でここを出て、空港へと向かいます。その前に、どうしてもあなたの接待を受けたいと言うので、よろしくお願いします」

「待ってください社長、こっ、ここで接待するんですか」

鶴谷の狼狽《ろうばい》が硝子張りの窓にあることに気づいたのか、社長は浅く頷いた。

「硝子はマジックミラーになっているので、外からは見えません。秘書も私が呼ばない限りここへは入ってこない。扉も壁も防音になっているので、たとえあなたが叫んでも隣の秘書室には聞こえたりしません」

社長が隣の部屋へ消えた途端、ヒューイが鶴谷の股間をスラックスの上から強く掴み上げた。

全身がゾクリと粟立《あわだ》つ。

「ああ、あれから何度、君のことを考えただろう」

「今回は私が先だぞ」

いつの間にか、ダンが鶴谷の目の前に立っていた。

「仕事の途中だったのか？　スーツ姿もいいがbaby、お前がその真の魅力を発揮するのは、何も身に着けていない時だと知っているか」

ダンはニッと笑うと、鶴谷の頬を指先でそろりと撫でた。


「あっ、あっ、はああああんっ……はあっ、はあ……」

自分のものではないような、甘ったるい喘ぎが漏れる。靴下を履いたよるべない爪先が、空で揺れる。社長のデスクの上で、鶴谷は靴下と、そしてシャツを腕に絡めたままの姿で、男に犯されていた。尻の中で、太くて長い雄のペニスが出入りする。そのたびにグチュグチュと耳を塞ぎたくなるような淫靡な音が辺りに響く。

「baby、お前の淫乱な尻を私のコックで掻き混ぜたくて、たまらなかった」

パンッと音がするほど激しくダンに打ちつけられ、鶴谷はヒッと甲高い悲鳴をあげた。

「お前の痴態を思い出しては、何度自分を慰めたことだろう。まるでティーンエイジャーのようだったよ」

激しく腰を使っていたダンが、鶴谷に深く自身を埋め込んだまま、フフッと笑った。

「お前も嬉しいようだな。私を強く締め上げてくる」

締め上げると言われても、鶴谷にはその自覚がない。動かされるたびに、勝手に尻が収縮し、破廉恥な声が漏れる。

「私が触らなくても、お前のペニスは尻に入れられただけで嬉しがって、みっともないことになっているぞ」

中を突かれ、掻き回されるだけで勃起したペニスは、最後の刺激を待ちわびて先端から歓喜の雫《しずく》を滲ませていた。

「お前は本当に恥ずかしい男だ。さっきまで仕事中だったんだろう。今のお前の姿を仲間が見たら、なんと言うだろうな。なんなら入り口のドアを開けて、お前の淫らな泣き声を隣の部屋の人間に聞かせてやろうか」

「やっ、やめて……ください。あっ、あんっ、いやあっ」

「何が嫌だ。恥ずかしめた途端、私を強く締め上げたぞ。この淫乱」

突かれるたび、息も絶え絶えの細かな喘ぎが漏れる。鶴谷は両目に涙を滲ませたまま、嫌々をするように体を捩った。そんな姿に二人の男がさらに情欲を刺激され、舌なめずりをしたことに、鶴谷は全く気づいていなかった。

「ああbaby、なんて君はセクシーなんだろう。私よりも年上だなんてとても思えないよ。君を連れ帰って、家に囲ってしまいたい」

ヒューイがうっすらと汗ばんだ鶴谷の頭を優しく撫でる。

「監禁は犯罪だぞ」

ダンが腰を揺さぶると、それにつられて鶴谷の腰も上下に揺れた。

「君はもう十五分も baby の中にいるじゃないか。そろそろ私と代わってくれないか」

鶴谷の頭側にいたヒューイが不機嫌そうに呟く。

「お前は baby の初めてのフェラと初めての尻を奪ったんだ。今回は私に楽しませろ。そんなに退屈なら、baby の可愛い口で慰めてもらえばいいだろう」

ぶつぶつと文句を言っていたものの、ヒューイは鶴谷の口許に先走りに滑るペニスを近づけてきた。鶴谷は下からの激しい突きに喘ぎながら、大きく唇を開いてヒューイのペニスを口に含んだ。雄の匂いが強い。込み上げてくる吐き気を我慢して、大きなソレを唇で扱く。髪を摑まれ、喉の奥で抜き差しされる。息が詰まる苦しさに耐えて、鶴谷は夢中になって舌を使った。

上と下からペニスを受け入れながら、鶴谷は次第に恍惚《こうこつ》となっていく肉体を自覚した。挿入される痛み、受け入れる苦しみだけではなく、そこには確かに抗いがたい官能の泉があった。口の中に含んだペニスで息苦しく、精液は不味《まず》いのに、それでもしゃぶることが嫌ではない……嫌ではなかった。同性に尻を犯されると雌にされた屈辱感はあるが、それでも内壁を擦られて生まれる快感には抗えない。汚されて、辱められてもなおその先に心地よさを見つけてしまう。

精神と肉体がかけ離れたセックス。そう、自分は自分の肉体を犯すこの二人に愛情はない。当たり前だ。自分はただ、契約の一環として肉体を与え、接待をしているだけなのだから。

きっかり一時間で、ヒューイとダンは鶴谷を手放した。その一部始終を見ていたかのように社長は休憩室から出てくると、デスクの上、捨て置かれた玩具のように横たわる鶴谷を横目に、二人を連れて社長室を出て行った。エントランスまで見送りに行ったのだろう。

鶴谷はあられもない姿でデスクに寝そべったまま、放っておかれた自身のペニスを擦り上げた。激しく腰を突かれているのを思い出しながら、自分を追い上げる。

手の中に放った欲望は薄く、口に含むとまるで抜け殻《がら》のような味がした。

翌日から、鶴谷は社長の専任秘書になった。異例の人事に物品管理課は大騒ぎになったが、社長がエリック&ロナウド社の、技術提携に大きく貢献《こうけん》したからだと理由を書いた辞令書を掲示板に貼り出し、周囲を納得させた。提携したことで実際、社は業界二位に匹敵するだけの競争力を身につけていた。社長秘書は女性ばかりだったので、鶴谷には別に個室が与えられた。仕事は実質、何もなかったが、それでは申し訳なかったので、社内報の作成を請け負うことにした。

「事後承諾になってしまい、申し訳ありませんでした」

社長は鶴谷を前に、淡々と喋る。社長室には、壁一面の硝子窓から燦々《さんさん》と日が差し込んでいた。

「確かにあなたの件は提携の項目に含まれていましたが、彼ら特有の遊び……冗談だと思っていました。提携先の一社員のことなどすぐに忘れるだろうと思っていたのですが、予想に反して二人ともあなたにご執心のようです」

黙《もく》したまま、鶴谷は社長の話を聞いていた。

「その海外出張の件なのですが、どれぐらいの頻度になりそうですか」

鶴谷の問いかけに、社長は首を傾げた。

「彼らは気まぐれなので、私にも見当がつきません。すぐに飽きるかもしれないし、明日来いと言われるかもしれない」

そうですか、と俯き加減に相槌《あいづち》を打った。

「あなたは何か望みがありますか？」

鶴谷は顔を上げた。

「前回のことも含めて、あなたには随分と無理をさせていると承知しています。給料は今まで以上の額を保証しますが、何か望みがあれば言ってください。お金や、私が動くことで解決できることなら努力します」

鶴谷は迷った。頼むべきか、頼まざるべきか。社長がじっとこちらを見ている。そもそもことの発端《ほったん》はこの男ではないだろうか。その責任の一部分を、この男に担《にな》ってもらってもいいのかもしれない。

「では一つだけ、私の願いを聞いていただけますか」

「私に可能なことであれば」

鶴谷は胸に置いた手をクッと握り締めた。

「……私が望んだ時、そして社長にお時間がある時でいいので、私のお尻に社長のペニスを入れていただけませんか」

向かいにある社長の目が、大きく見開かれる。

「時間がなければ、ペニスを舐めさせてもらうだけでもかまいません。体が疼いて、どうしようもない時があるのです。玩具ではこの渇《かわ》きを癒すことはできません。そういう場所へ行き、相手をお願いしても私のように見目の悪い中年男は誰も相手にしてくれないでしょう。社長はただ、尻に入れてくだされぱいいんです。愛せというわけではありません。私の体を乱暴に、モノのように扱ってください。私は……私は、もう出張まで待てそうもないのです」

「鈍色の華」ビーボーイアンソロジー「エロとじ♥」（2007年6月刊）掲載

鈍色の果実

ラビットフードの本社ビルの社長室で、兎河俊《とがわしゅん》はエリック&ロナウド社の数名とテレビ会議をしていた。ラビットフードはエリック&ロナウド社と冷凍食品の技術提携をしているが、新たに取り入れた果実の冷凍が上手《うま》くいかず、エリック&ロナウド社から冷凍技術の開発に携《たずさ》わった技術者を一人、派遣してもらうことで話がついた。

果実の冷凍は、解凍時の状態がエリック&ロナウド社のものと比べて格段に質が低く、現場サイドでいくらエリック&ロナウド社の担当者に訴えてもなかなか取り合ってもらえなかった。その問題が兎河まで上がってきたので、海外事業部アジア地区の最高責任者であるダン・カーター氏に現品を食してもらったところ、機械か水の問題かもしれないと技術者を派遣してくれることになった。カーター氏が繊細な味覚をもち、食感にこだわる日本人の食文化に理解があるのはありがたかった。

話も終わり通信を切ろうとしたその時、カーター氏に『今から個人的な相談をしたいのだが』と声をかけられた。ニューヨークの時間に合わせたので、こちらは午後十一時半。もう秘書は帰してあり、残っているのは自分一人だけだ。

「ええ、構いませんよ」

『では五分後にオフィスから連絡する』

このまま話をしてもよかったが、同席していた他の社員に聞かれたくなかったのか、それとも長い話になりそうなのか……どちらにしろ個人的な用件とのことなので、兎河は「わかりました」と答えた。

アメリカ人は明るく社交的なイメージが強い中、カーター氏は際立って無愛想だ。しかし雑な世間話をしない上に判断も速いので、兎河としては仕事がやりやすい。

兎河は秘書室の隣にある給湯室に行き、冷蔵庫からペットボトルの水を取り出した。半分ほど飲み干す。話をすると喉が渇くが、会議の前に用意するのを忘れていた。シンクの前の小窓を開けると、生ぬるい空気が狭いエリアに流れ込んでくる。室内にいると冷房が効いていて気づかないが、夜でも気温が下がっていない。今の状況は熱帯夜になるのだろう。

ペットボトルを手に社長室へ戻る。そしてきっちり五分後、カーター氏から電話がかかってきた。

『時間を取らせてすまない。実は鶴谷《つるや》のことなんだが……』

灰色の髪の男が頭に浮かぶ。鶴谷文夫《ふみお》はラビットフードの視察に来たエリック&ロナウド社の二人の重役に見初《みそ》められ、男ながら体を使った接待をしており、多い時には月に一度のペースで、物好きな男たちの相手をするため海外へ出張する。カーター氏は物好きな男たちのうちの一人だ。

最初は逢瀬《おうせ》のたびに兎河が取り次いでいたが呼び出しが頻繁《ひんぱん》だったので、今は鶴谷を直接窓口にして連絡を取らせ、事後に旅費の領収書と簡単な報告書を提出させている。

何度か遊べば相手方も飽きるだろうと予測していたが、接待を始めて二年が経過しても未だ鶴谷は定期的に海外へ呼ばれている。男らしいセクシーさに溢れた中年男は存在するが、細身で貧弱な鶴谷はそういうタイプでもない。五十近い貧相な初老の男のどこに魅力があるのか、兎河には一切理解できないが、相手方が満足しているならそれでいい。

『彼を解雇してもらえないだろうか』

唐突な申し出に、兎河は驚いた。恐れていた事態が脳裏を過《よぎ》る。

「もしかして鶴谷が何か失礼なことをしてしまったのでしょうか」

電話越し、珍しく『ははっ』とカーター氏が笑い声を響かせる。

『鶴谷はとても魅力的な男だ。実は彼を私のパートナーとして迎えようかと考えている』

引き抜きだ。鶴谷の会社での成績、評価は兎河も把握しているが、エリック&ロナウド社に求められるほど有能ではない。それでもあの男を欲する理由はなんだろう。……接待というのは表向きの話で、鶴谷に社の内部情報を持ち出されていたのではないだろうか。

ラビットフードは海外の市場も意識し、数年前から缶詰製品の改良に力を入れている。風味を劣化させない新技術の研究を進め、特許申請をしようかという段階まできている。それは今後、ラビットフードの要《かなめ》になる予定だ。エリック&ロナウド社とは冷凍技術においては提携しているが、缶詰製品に関してはライバルだ。

その缶詰技術の提供の見返りとして、エリック&ロナウド社への引き抜きがあったとしたら……いや、いくらなんでも考えすぎだろう。鶴谷の現在の役職は社長の専任秘書だが、内部情報を自由に閲覧《えつらん》できるような立場にはない。しかし誰かを買収してパスワードを借りて盗み見ることは可能だ。一度湧き上がった疑惑は、ナプキンに落ちたワインの染みのようにじわじわと広がっていく。

しかし疑惑だけで「情報を盗んだのではないですか」とカーター氏に聞けるわけがない。誤解であった場合、彼を怒らせ「冷凍技術の提携を反故《ほご》にする」と言われかねないからだ。遠回しに探りを入れて判断するしかない。

「ビジネスパートナーに迎えるとは、鶴谷の能力を高く評価してくださっているのですね」

カーター氏はそういう部分に敏感に思えたので「能力＝セックスの技巧」と取られて嫌味にならぬよう、気をつけながら喋《しゃべ》る。

『兎河、君は何か勘違いをしているようだな。私は鶴谷をビジネスとは関係ない、人生のパートナーとして考えているんだ』

アメリカ人特有のジョークかと思ったが、オチがない。それにカーター氏は会話にジョークを織り交ぜるタイプではなかった。

『エリック&ロナウドの本社に引き抜くことも考えたが、鶴谷の英語能力ではコミュニケーションを取ることもままならないだろう。それなら彼がストレスを感じない形がベストだと思っている。あぁ、もちろん彼が働きたいと言えば、意思を尊重しそれなりの役職を用意するが。彼をもらいうけても、君の会社との提携は今まで通り……いや、より強固なものになるだろう』

提供された情報を頭の中で整理する。カーター氏は接待の相手だった鶴谷を気に入り、ニューヨークに呼び寄せようとしている。鶴谷が我が社を辞めれば彼の給料と、出張費が削減できる。心配なのは内部情報の漏洩《ろうえい》だけ。その部分さえクリアできれば、鶴谷の解雇はカーター氏と自社、互いに利益しかない。

「わかりました。前向きに検討させていただきます。お返事するのに少し時間をいただいてもよろしいですか」

『どれぐらい待てばいい？』

「決まり次第すぐにご連絡します」

カーター氏は『なるべく早くに。では失礼』と、電話越しでも伝わるほど機嫌のよい声を残して通話を切った。

予想だにしない突然の申し出に驚いたが、これは鶴谷にとっても悪い話ではない。カーター氏はホワイトカラーで高収入だ。そういう男のパートナーになれば、何不自由のない生活を送れるだろう。才のない、あの年齢の男にしてはいい結末なのではないだろうか。それに日本からわざわざ呼び寄せるのだから、すぐに捨てられることもないだろう。たとえいつかカーター氏が鶴谷に飽き別れることになっても、退社していれば兎河にも社にも関係のないことだった。


カーター氏から連絡のあった翌日、午後の仕事が一区切りしたあと、兎河は鶴谷を社長室に呼んだ。社内でごくたまにすれ違うことはあるが、まともに顔を見るのは久しぶりだ。白髪まじりのその髪は、セットを変えたのか見た目がよく、本人によく似合っていてロマンスグレーと言えなくもない。着ているスーツは体の線にそった美しいラインで、腕のいい職人に仕立てさせたのだと一目でわかる。前は大量生産の既製品らしき縫製の悪いものを着ていて、身なりを整えることに興味がないように思えた。いつから細部にこだわるようになったのだろう。

白髪の目立つ瘦《や》せて小柄な男、その印象は変わらない。ただ以前は蜻蛉《かげろう》のように存在感がなかったのに、今は人としての輪郭《りんかく》がはっきりして見える。

「何か御用でしょうか」

不安そうな上目遣い、そして小さな声。

「急に呼び立ててすみません。……そのスーツ、よく似合っていますね」

鶴谷は「えっ、あっ」と戸惑うようにスーツの袖口を弄《いじ》り、慌てて「ありがとうございます」と頭を下げた。

「いただき物なのですが、とても着心地がよくて」

ニューヨークに呼び寄せるほど気に入った男。エリック&ロナウド社の重役なら、高級服の十着二十着、躊躇《ためら》うことなく買い与えそうだ。

「カーター氏からの贈り物ですか？」

鶴谷と目が合う。すると「申し訳ありません」と謝られた。

「私がいただいたものは社に寄贈されたと同様ですね。きちんと報告すべきでした」

「あなたが個人的にもらったものまで報告の必要はありません。……仕事のほうはどうですか？」

鶴谷は胸に手をあて「滞《とどこお》りなく進んでいます。もうすぐ来週の社内報が完成します」とにこやかに答えた。

社内報は社員の声を拾い上げて編集し、週に一度、社員全員にメールマガジンの形で配信している。部署が違うと交流もない社員たちが理解し合ういい機会になるだろうと前社長だった父が始め、昔は月に一度小冊子の形で配布していた。父親がこだわっていたのでメールマガジンという形で残しているが、年配の一部の社員を除いてほとんど読まれていないというのが現状だった。長年、編集に関わっていた社員が定年退職したのを機に、秘書として異動させたはいいものの仕事のなかった鶴谷にそれを割り振った。

兎河が聞いているのは、誰も読んでいないメルマガのことではなく「接待」の件だが、そちらのほうだと気付いていないようだ。

「カーター氏との関係は良好ですか?」

ようやくなんの仕事か理解したらしく、鶴谷は口を半開きにしたまま俯《うつむ》いた。

「特に変わりはないかと思います」

どうにも判断しづらい返答だ。

「カーター氏とアダムス氏、二人に異なっている点はありますか?」

もう一人の接待相手、金髪のヒューイ・アダムス氏の名前を出してみる。パートナーとして迎えようという男とそうではない男なら、扱いにも差があるのではないだろうか。カーター氏の言葉の客観的な裏づけとして、そこを確認しておきたい。

室内は冷房がよく効き涼しいほどなのに、鶴谷は手のひらで額を拭《ぬぐ》い「お二人はプレイの好みが違いますね」と躊躇《ためら》いながら切り出した。

「回数はカーター氏のほうが多いです。私をアメリカに呼び寄せるのは八割がた彼ですから」

鶴谷に出張の費用内訳を提出させても、相手が誰だということは明記させなかったのでそれだけカーター氏に偏《かたよ》っていたとは知らなかった。彼に相当贔屓《ひいき》にされていたということだ。兎河はわざと厳しい顔を作り、自分より年上の社員を見据えた。

「あなたはカーター氏から我が社の内部情報を持ち出せと命じられたことがありますね」

カマをかける。目の前に立つ男の顔がみるみる青くなる。

「そっ、そんな頼み事をされたことはありません。そもそもダンは私と二人きりの時に、仕事の話をするのを嫌がるので……」

鶴谷は怯えたウサギのように体を震わせ、祈るように胸の前で両手を組み合わせた。

「社長、信じてください。私は内部情報を持ち出していませんし、そもそも大切な情報がどこにあるかも知らないんです」

今にも倒れそうなほど蒼白な顔で必死に訴えてくる。この男は嘘をついていないと確信し、兎河は表情を和《やわ》らげた。念のため退社の際に「いかなる内部情報も持ち出さない」と念書の一つでも書かせればそれで十分だろう。

「試すようなことをして申し訳ありませんでした。私は社と社員を守る立場にあるので、社に損害をもたらす可能性は僅《わず》かでも排除しておきたかったのです」

わけがわからないのだろう、鶴谷の眼球は左右にユラユラと揺れて落ち着きがない。

「昨日、カーター氏から私に連絡があり、あなたを解雇して欲しいと言われました」

灰色の髪の男は、絶望に覆われた表情で頭を抱える。

「その、わっ、私は気づかない間に何か粗相《そそう》を……」

「いいえ、違います。カーター氏はあなたをとても気に入り、仕事を辞めてニューヨークに来て欲しいと望んでいます。仕事を続けたければエリック&ロナウド社でもポストを用意するそうです」

状況を把握すれば、二つ返事で「はい」と答えるだろうと予測していたが、本人は「はあ……」と気の抜けた顔だ。

「その、ニューヨークに行って、私は何をすればいいのでしょうか？」

「カーター氏はあなたとより親密な関係を築きたいのではないかと」

鶴谷の眉間にググッと深い皺《しわ》が刻まれる。

「辞職しニューヨークに行くのは……その、社長命令でしょうか」

最初は何を言っているのかと思ったが、鶴谷は自分のたっての願いで性接待を続けてきた男だ。それを考慮すると、ニューヨーク行きを社長命令と捉えてもおかしくはない。

「会社は関係ありません。これはあなたとカーター氏個人の問題です」

鶴谷は安堵《あんど》したように頬を緩めた。

「それを聞いてホッとしました。私は英語も苦手ですし、ニューヨークに住むなんてとてもじゃありませんが無理です。どうしてダンは急にそんな突飛《とっぴ》なことを言い出したんだろう」

呟《つぶや》き、鶴谷は顎先を押さえる。その目が「もしかして」と兎河を見た。

「ダンはヒューイと二人で私を共有するのが嫌になったんじゃないでしょうか。彼はとても独占欲の強い男なので、気に入りの玩具は手許に置いておきたいと思ったのかもしれない」

鶴谷は自分を「玩具」と評するが、カーター氏は「パートナー」として迎えると言っていた。そこには愛情の片鱗を感じたが、鶴谷の感情とは酷く温度差がある。

「去年あたりからダンにニューヨークへ呼ばれる回数が増えて、彼だけを接待することが多くなっていたんです。ヒューイは来ないのかと聞いたこともありますが、ダンの機嫌が悪くなるのでその話をするのはやめました」

鶴谷はひょいと肩を竦《すく》め、両手を軽く広げる。容姿に似合わないオーバーアクションは、頻繁に海外へ行っている影響だろうか。

「最初は二人が喧嘩《けんか》したのかと思っていたのですが、ヒューイに聞くとそういうわけでもなさそうで、どうしたんだろうと気になっていたんです。ヒューイは私を抱くだけですが、ダンは靴や服、装飾品を欲しいとも言ってないのにあれこれと買ってくれます。遠慮したのですが『安物を身につけた男と一緒にいたくない』と怒るので、これも業務の一環かと仕方なく……。日本にいる間もダンはネット電話をかけてきて、カメラの前で私にその……卑猥《ひわい》な体位や行為を要求することが多いです」

秘書には各自個室が与えられ、守秘義務の観点から防音設計がされている。他の社員に知られずそういう接待をするのも可能ではあるが、報告がないので知らなかった。映像回線を使っての自慰行為は経験がないが、反応のあるアダルト動画のようなものだと解釈すればいいだろうか。

以前、鶴谷には社長室で二人の外国人を体で接待させた。社内での淫蕩《いんとう》な行為に抵抗はないのだろう。そして男との性行為に目覚めた鶴谷に、一度だけ挿入して欲しいと頼まれたことがある。男との経験はなかったはずなのに、人間が「性欲に溺《おぼ》れる」という状況を興味深く観察しながら、そういった性欲はしかるべきプロの手に任せ、料金は必要経費として処理するので領収書を提出するよう命じた。だが今日まで鶴谷から風俗の領収書が上がってきたことは一度もない。

鶴谷の性事情はともかく、カーター氏の申し出を断った場合の対応は考えていなかった。

「座りませんか」

促すと、灰色の髪の男は「あっ、はい。失礼します」とギクシャクと不自然に左右に揺れながら、来客用のソファに浅く腰掛けた。

「まずは意思確認をしたいと思います。あなたはカーター氏の要求に応《こた》えてニューヨークに行く気はないということでいいですか？」

小さく、それでもはっきりした声で鶴谷は「はい」と頷いた。

「では先方にもそのように伝えます」

「あの、大丈夫でしょうか？」

不安そうな表情で問いかけてくる。

「何がです？」

「断っても、会社的には問題ないんでしょうか？」

カーター氏は断られるとは微塵《みじん》も思っていない口ぶりだった。鶴谷にその気がないと知ったらどういう反応をするだろう。

「それはわかりません」

かといって社外でのこと、プライベートまで会社が鶴谷を縛ることはできない。

「会社に迷惑をかけてしまうことになったらと思うと申し訳なくて……」

灰色の頭が深々と下げられる。確かに、鶴谷が向こうの要求を受け入れてニューヨークに行けばなんの問題もなかった。

「先方に気に入られるのは結構なことですし、夢中にさせたのはあなたの手腕《しゅわん》かと思いますが、つかず離れず適度な関係を維持できるよう、もう少し手加減して欲しかったですね」

鶴谷は「いえ、そんな」と首を横に振る。

「私は色事の駆け引きなんてできません。ダンの言うことをただただ聞いていただけです」

性接待には素人《しろうと》だった鶴谷。アメリカ人は自己主張が強く、鶴谷のようにおとなしいタイプは珍しい。そういった従順な部分をカーター氏は気に入ったのかもしれない。

結果的に鶴谷は関係を発展させることも、渡米も全て断ることになるが、カーター氏にはどう切り出せばいいだろう。間違いなく落胆するだろうし、下手をすれば激怒だ。怒りの感情が仕事に向かい、公私混同されて技術提携をやめると言われたら最悪だ。そのパターンだけは避けたい。

「社長、ダンにはどうお話しされるつもりですか？」

考えているが、まだ答えは見つかっていない。

「私が応じないと知ると、ダンは怒る気がします。会社では抑えているようですが、気短《きみじか》なところのある人なので」

愛想のなさを隠さぬところからも、穏やかな性格ではないと想像できる。

「相手が納得するだけの理由が必要ですね。いっそあなたが亡くなったとでも言えば、すっきり諦めてくれるのかもしれませんが」

鶴谷がじっと兎河を見る。戯《ざ》れ言《ごと》でも「亡くなる」と口にするべきではなかった。

「すみません、不謹慎でしたね」

「いいえ、ダンにはそれぐらいのほうがいいかもしれません。曖昧《あいまい》な理由だと、日本にやってきそうな気がします」

そこまでするのかという驚きが胸を過ったが、手許に引き寄せようと思うほど情をかけている男なら、ありえなくもない。

「仮に亡くなったことにしたとしても、様々な手段……例えば興信所を利用してあなたの安否を確認されると厄介ですね」

嘘が発覚した場合、カーター氏の怒りは倍増するだろう。

「墓を見せろと言われそうです。ダンは自分の目で確かめないと気がすまない性分ですが、聞き分けはあるので、それ相応の理由があれば引いてくれそうな気がします。ただ私の気持ち次第となると、絶対に振り向かせると食い下がられそうだ」

接待する側の鶴谷の立ち位置は下だが、気に入られ人生のパートナーとして乞われるまでになった今は鶴谷のほうが精神的に優位に立っている。年齢、容姿、年収、どれを取ってもカーター氏に勝るものがない鶴谷が、恋愛感情だけでマウントし、上から目線なのはどうにも違和感しかない。

「本当にどうすればいいんでしょう」

灰色の髪を掻き上げた鶴谷は、息苦しさを和らげるようにネクタイのノットを緩める。見れば見るほど凡庸《ぼんよう》な中年男。最初に鶴谷を接待相手に指名してきた時も不思議に思ったが、彼らは……カーター氏はこの男のどこをそれほど気に入ったのだろう。自分にとっては、堅実ではあるが向上心がなく、性接待の大抜擢《だいばってき》がなければ、リストラ対象の男でしかない。

脱線した思考を引き戻す。カーター氏が日本に来る可能性があるなら、来てもなかなか会えない状況になれば、諦められるのではないだろうか。

「鶴谷さんはどこの生まれですか？」

「山口です」

「ご両親は健在ですか？」

「いえ、二人とも亡くなり、家だけが残っています。母が亡くなってからは空き家で、人に頼んで手入れだけはしてもらっていますが」

では、と兎河は両手を組み合わせた。

「親御さんの具合が悪く、会社を辞めて実家に帰るという設定にするのはどうでしょう。実際に会社を辞めてもらいますが、山口には関連企業があるので再就職は保証しますし、ほとぼりが冷めたら本社に戻ってもらっても構いません。あなたの実家は知らないと口裏を合わせれば、探されることもないでしょう」

最善の策に思えたが、鶴谷の表情は同意とは言いがたい渋いものだった。

「いつだったか互いの生まれ故郷の話になり、その流れで実家の場所を教えました。一度行ってみたいと地図を見ていましたし、とても記憶力のいい人なので探されてしまう可能性がありますす」

実家を教え合っていたとは予想外だった。

「私が辞めることにしてもいいのですが、ダンは私のこちらの家の住所も知っているので、帰らずにしばらくどこかに身を潜《ひそ》めていたほうがいいのかもしれません」

その方法もあるが、ではいつカーター氏は鶴谷を諦めるのだろう。何をもって「彼は諦めた」と判断すればいい？

安易な嘘は、ばれた時に自分で自分の首を絞めることになる。別の方法を考えたほうがいい。目の前でうなだれる灰色の髪。この男がニューヨークに行くと言えば全ての問題は一秒で片付くが……これればかりは仕方ない。

カーター氏にしても、性行為だけの関係がベストだったのに、この貧相な男相手に恋愛感情を持ち出すから面倒なことになる。恋愛は人生において時間の浪費でしかないというのが兎河の持論だ。

これまで何人かの女性と付き合ったが、性行為を含めて全てが煩《わずら》わしかった。無難《ぶなん》で非生産的な会話、デートに費《つい》やされる膨大《ぼうだい》な時間……それらは性欲解消の代償にしては大きすぎた。自分は女性と付き合うことに向いていない。結婚にも興味がなく、する気もないと気づいてからは、アプローチしてくる女性をやんわりとかわしながら仕事に集中してきた。仕事が何よりも楽しく、今が一番充実している。会社は姉の子でも赤の他人でも、能力のある者が継げばいい。

「私に好きな人ができたことにするのはどうでしょう」

拍子抜けするほどオーソドックスな案が鶴谷から出された。

「自分に気持ちがないとわかれば、ダンは無理難題を言わないような気がします」

その程度のことで引くのかと疑問は残るが、自分よりもカーター氏と接触した時間が長く、理解しているであろう男からの提案だ。

「あなたがベストであると判断するなら、その設定でカーター氏に話をします」

鶴谷は「お願いします」と深々と頭を下げる。

「ただ『好きな人がいる』と言ってもダンは信じないと思うので、誰かに恋人役をお願いしようと思います。異性で……できたら私と歳の近い人を」

鶴谷は結婚歴があるので、女性を好きになったことにしてもおかしくはない。そして同性ではなく異性という壁があれば、それを理由にカーター氏も諦めるかもしれない。

「協力してくれそうな知り合いはいますか？」

鶴谷は「そうですね」と額に手をあてた。

「顔見知りはいますが、事情が事情なだけにどう説明すればいいのか悩みます」

性接待で男に気に入られて、その男を諦めさせるために恋人の振りをしてくれとは確かに言えないだろう。

「わかりました。私のほうで協力してくれる女性を手配します」

方向性は定まった。あとは口が堅い中年女性を見つけてくるだけだ。

「諸々の手配がすみ次第、あなたに連絡をします。カーター氏にはそのあとで返事をすることにしましょう。ではそういうことで」

話は終わった。もう行っていいという意図を込めて先に立ち上がったが、鶴谷はなかなか動こうとしない。

「他に何か気になることがありますか？」

空気を読んで聞いてみる。

「ダンが勝手に女性に会いにいく可能性がないとも限らないので、私と女性がどこで知り合ったのか、付き合いの期間はどれぐらいなのか、そういう基本的な設定をある程度決めて、恋人役をしてくださる女性と共有しておいたほうがいいような気がします」

確かに口裏合わせは必要だろう。「今日中にその設定を作れますか？」と聞くと、鶴谷は「やってみます」と答え、慌てて社長室を出て行った。

兎河は窓際に近づいた。鶴谷が「ニューヨークに行きます」と言って終わると思っていた話が、予想外に面倒なことになった。

協力してくれる女性を手配すると言ったが、具体的なあてがあるわけではない。理由が理由なだけに秘書には頼めない。便利屋的なものを利用するほかなさそうだが、ダンに女性の素性を調べられ業者だと知られたら面倒なことになる。

　そういえば鶴谷はいくつだっただろう。五十前後だったはずだが、正確な年齢は把握していない。パソコンで社員一覧を確認すると、鶴谷は六月生まれで二ヶ月前に五十歳になっていた。

　ふと姉のことを思い出す。兎河は三人姉弟で、二人の姉は早々に結婚して家を出た。上の姉は十五年前に夫と離婚し、二人の子供も成人して手が離れた今、趣味的にピアノ教師をしながら、友人と海外旅行に行くなど忙しくしている。

　鶴谷の恋人役を上の姉に頼めないだろうか。歳も五十三歳と鶴谷とほぼ同年代で独身だ。素性がばれても問題ない。父の遺《のこ》した会社のために、くだらない茶番に付き合ってくれないだろうか。

上の姉は少し変わっていて、学生時代は女性と付き合っていた。姉は恋人を弟に紹介することを少しも躊躇わなかった。それだけ自信があり、自らの中で「正しい」とする物差しを持っている人だった。そして兎河は女同士の恋愛に嫌悪感も興味もなかった。その後、姉はその女性と別れて男と結婚し子供を産んだ。

　同性との恋愛経験があり、柔軟性のある思考を持つ姉なら、鶴谷の件を話しても大丈夫だろうという確信があった。


『待ちくたびれたよ』

　カーター氏に連絡を取ったのは、鶴谷の件を相談されてから七日後。個人的な話になるので就業時間でなくてもよいだろうと、ニューヨーク時間の午後八時にカーター氏のプライベートの番号をコールした。

『こういうのを〈ユビオリカゾエル〉と言うんだろう。日本の友人が教えてくれたよ』

断られるとは微塵も思っていなそうな明るい声。兎河は社長室の窓から広がる景色を見下ろしながら、これからの展開に備えて下腹に力を入れた。

「お待たせして申し訳ありませんでした。鶴谷の件なのですが、本人に話をしてみたところ残念ながらお気持ちには応えられないという返答でした」

遠回しな言い方も考えたが、結局は事実を伝えるしかないという結論に至りストレートに勝負した。ホームランを確信していただろうに、いきなり目の前に突きつけられたスリーアウト、ゲームセットの結末に、電話の向こうの相手が息を呑むのがわかった。

『信じられない。本当に鶴谷がそう言ったのか！　なぜだ！　理由は！』

噛みつくような勢いで質問を浴びせてくる。

「鶴谷は日本で交際している女性がいます。近く結婚する予定で、接待のほうも引退を考えていたそうです」

窓から見える空、高い高い場所を飛行機が横切っていく。長い、唾を飲み込むにも緊張を強いられる沈黙。そして『Oh my god』と感情が吐露《とろ》された。

「ご希望に添えず、大変申し訳ありません」

自分はあくまで伝える者。カーター氏が要求せぬ以上、自分からは何の情報も与えない。

『結婚の予定というのは嘘だ』

低い声が、真実を突いてくる。

『あれは雄のペニスを咥《くわ》え込むために生まれてきた男だ。女とできるわけがない』

「ご存知かと思いますが、鶴谷には妻がいました。死別していますが」

過去の事実を変えることはできない。案の定、電話の向こう側が黙り込む。

「彼は献身的、かつ忠誠心のある男で、同性が相手という過去に前例のない接待も引き受けてくれました。ですが仕事以外のことで、会社が鶴谷の人生を左右することはできません」

『鶴谷は結婚を約束した女がいるとは一言も言ってなかったぞ！』

「接待の最中に、無粋《ぶすい》なことは話さなかったのではないかと」

『私は信じない。絶対に信じない。鶴谷の口から直接聞くまではなっ』

酷く感情的な上に、諦める気配がない。しかしこれも予想の範囲内。納得がいくまで根気強く説得するしかない。

『君は鶴谷の相手を知っているのか』

そこには触れないで欲しかったが、聞かれたからには答えるしかない。

「鶴谷の婚約者は私の姉です。二人は古い知り合いですが、ここまで親密だったと知ったのは今回の件があってからです」

勢いのよかった相手が静かになる。沈黙の向こう側から『ハハッ、ハハッ』とネジが飛んだようなけたたましい、ゾッとする笑い声が兎河の鼓膜に響いた。

『私が考えるよりも、鶴谷は野心家で狡猾《こうかつ》な男だったということか。すっかり騙《だま》された。散々気のある振りをして、こちらの気持ちを弄《もてあそ》んでいたというわけだな。腹立たしい』

ブッと回線が切れる。唐突だったので操作ミスかと思ったが、折り返しかかってくることはなかった。このあと、直接鶴谷に連絡を取るだろうか。この時間にカーター氏に話をすると伝えてあるので、激昂《げっこう》した男がかけてくるかもしれないと鶴谷は覚悟しているだろう。話は擦り合わせているので、齟齬《そご》はないはずだ。どうしてもカーター氏に対応できないと判断したら、こちらに連絡をするよう話はしてある。

気を取り直し、仕事に戻る。スマートフォンは意識していたが、カーター氏への電話から三時間経《た》っても鶴谷から連絡はなかった。これで終わったかもしれないと、そちらへの意識が薄れてきた頃合いを狙ったかのように着信があった。カーター氏か鶴谷だろうと思っていたが、そこに表示されていたのは兎河三智子《みちこ》、姉の名前だった。

「俊です」

『久しぶり……でもないわね』

四日前、姉に会って事情を話した。会社のために男性社員に接待を依頼し、取引先の相手が夢中になって社員が困っている等々、包み隠さず全てを。そして相手を諦めさせるために、男性社員の婚約者の振りをしてくれないかと頼んだ。黙って話を聞いていた姉から出たのは、「あなた、馬鹿なの」という呆《あき》れ返った一言だった。

「いくら取引先に要求されたと言っても、社員を人身御供《ひとみごくう》に差し出すなんてパワハラじゃないの」

正論をぶつけられ、肩身が狭い。会社のためというのは言い訳にならず、返す言葉もない。

「父さんは仕事第一で家族を顧《かえり》みない人だったけど、社員のことは大切にしていたわ。人のことを蔑《ないがし》ろにすると、いずれ自分に返ってくるわよ。これからは社員のこと、先のことを考えて動きなさい」

この歳になって姉から説教をされるのは決まり悪かった。そして軽率で馬鹿な弟の尻拭いのために、姉は社員の婚約者の振りをすると承諾してくれた。あらゆる事態、カーター氏が日本にやってきた時のことも考慮し、鶴谷にも会ってもらった。初対面の鶴谷に姉は「軽率な弟が、ご迷惑をかけて大変申し訳ありませんでした」と謝り、その場にいた兎河を居たたまれなくさせた。

『今、忙しい？　お昼を一緒にどうかと思ったんだけど』

「すみません。今日はランチミーティングが入っているので」

『そうなの。残念だわ』

平日、昼食に誘われたのは初めてだ。カーター氏に連絡したばかりだし、鶴谷のみならず姉にもなんらかの接触があったのではと気になった。

「私に何か話があるのではないですか？」

『そういうわけではないけれど、鶴谷さんと食事をするから、あなたも一緒にどうかと思って』

「鶴谷と……ですか？」

意外な取り合わせに、戸惑いが隠せない。

『偽の婚約者だけど、鶴谷さんのことをもっと知っておいたほうがいいと思ったの。この前は三十分ぐらいお茶をしただけだったし。それに取引先のアメリカ人が私に直接、会いに来ないとも限らないんでしょう』

「ですが、姉さんにそこまで迷惑は……」

『いいのよ。私も時間に余裕があるし、鶴谷さんも面白そうな人だし』

兎河は灰色の髪の男を見て「面白そう」と思ったことは一度もないので「そうですか」と曖昧

に返答するに止める。

『独特の雰囲気と色気のある人ね。取引先の人が夢中になるのもわかる気がするわ』

「……そうなんですね」

姉の笑い声が耳許で響いた。

『あなたは頭がいいのに、昔からそういうことに鈍感っていうか、疎《うと》いわよねえ。あら、もう待ち合わせの時間だわ。じゃあまた次の機会にね』

兎河の返事を待たず、通話は一方的に切れた。自分なりに冷静に人を『見ている』つもりだが、鈍感だ、疎いだと言われ放題。苦笑いしか出ない。

ランチミーティングに出かけ、戻ってくると秘書から、今晩の会食が先方の体調不良でキャンセルになったと伝えられた。

「店の予約を取り消してよろしいですね」

秘書に確認され、そうしてくださいと言おうとしてふと気が変わった。

「そのままにしてください」

理由も聞かず、秘書は「承知しました」と頷いた。秘書が下がってから、兎河は内線で鶴谷の秘書室をコールした。

『はい、第三秘書室です』

この電話に出るのは一人だけだ。

「私です」

途端、鶴谷が『しゃっ、社長。申し訳ありません』と謝った。電話の応対に不備はないので、謝る必要はない。

「今晩、時間はありますか?」

『あ、はい。それは……』

「カーター氏の件について話ができたらと思っています。午後七時に一階のエントランスで構いませんか?』

『私はどこでも、何時でも大丈夫です』

「では夜に」

用件だけ伝えて電話を切った。鶴谷には話をした際のカーター氏の反応を伝えておく必要がある。電話でもよかったが、夜の会食に手配していた店が個室を用意していたので、人前でするのは憚《はばか》られるような話をするのに好都合だった。

姉との会話が、少しだけ尾を引いている。姉とカーター氏には感じられて自分にはわからない鶴谷の魅力、色気という部分。最初に鶴谷が男を接待した際は自分も見ていたが、魅力や色気以前の話で、猫に弄ばれる弱った鳥のようだった。あれから二年経ち見た目は垢抜《あかぬ》けたが、それ以上の感想はない。鶴谷はどこか変化したのか、しないのか……酒で緊張が解ける席で確かめてみようとそう思った。


指定した時刻の五分前に一階へ行くと、鶴谷は先に来てエントランスの隅で待っていた。兎河に気づくと、足早に近づいてきて「お疲れ様です」と深く頭を下げる。

今日着ているスーツも、体の線に合った上質なものだ。この男はいったい何着、カーター氏からスーツを贈られたのだろう。手にしている鞄《かばん》や履いている靴も、スーツと相性のいい艶のあるダークブラウンだ。

「お待たせしました。では行きましょうか」

先に歩く兎河の少し後を鶴谷はついてくる。タクシーを適当に拾い、後部座席の右に座る。鶴谷は「ご一緒させていただきます」と左に座った。レストランの入っているホテルの名前を告げると、運転手は「わかりました」と頷きタクシーは動き出した。

「昼間、姉と食事をしたそうですね」

鶴谷はこちらを向いて「はい」と答えた。

「互いのことを知っておいたほうがいいだろうということで、昔の話を」

「そうですか」

「三智子さんは聡明で、一緒にいてとても楽しい人です」

互いに好印象のようだ。

「姉は独身なので、気に入ったのなら手を出しても構いませんよ」

「そっ、そんな社長のお姉様に、めっそうもない」

時代劇の「姫君に手を出すなど恐れ多いとおののく臣下」といった滑稽《こっけい》な反応だ。

「姉は家を出ている人間ですから、気にしなくてもいいですよ。あなたもこれから普通の生活に戻られるのですし」

そう、そうですね……と呟きながら鶴谷はおどおどと俯く。姉はこの男を魅力的と評したが、兎河の中では「気弱な小心者」という最初のイメージが覆《くつがえ》らない。

ホテルに着き、レストランの入り口で名前を告げると、すぐに席へと案内された。黒を基調とした店は窓が広く取られ、三十五階という高さもあり、ビル群の美しい夜景が遠くまで見渡せる。高い天井にあるシャンデリアは星のようにきらめき、室内の照明は内と外の光を際立たせるために明るさを絞られている。

以前、小さな工場の責任者をここで接待した時は、高級感に圧倒されたのか借りてきた猫のようになってしまい、それからは相手が満足し、かつリラックスできるような店を選ぶようにしている。鶴谷はどうだろうと思ったが、店の雰囲気に呑まれることなく堂々としていた。身につけているものはこの場に見合っているし、接待ではカーター氏に連れ回されていたようなので、そこそこ場慣れしているのかもしれない。

個室も夜景を楽しめるよう窓は大きく取られている。席に着くと鶴谷は開口一番「素敵な店ですね」と口にした。

「今晩はここで接待の予定でしたが、先方の都合で中止になりました。場所の使い回しで申し訳ないですが、あなたと話をするいい機会だったので」

「ああ、それで。私なんかにはもったいないお店だと思っていました」

この高級店で決して場違いとも思えないのに、鶴谷は納得といった顔をする。料理を予約していなかったので「どうぞ好きな物を」と鶴谷にメニューを渡したが「私はなんでもいいので……」と決めようとしない。仕方がないので兎河が旬《しゅん》の素材を使ったコースを選んだ。

兎河がソムリエと話をしている間、鶴谷は夜景をじっと見ていた。ほどなく食前酒が運ばれてくる。口をつけると柑橘《かんきつ》系の甘い香りがフワッと立ち上り、炭酸が舌の上で軽く弾けた。

「とても上品なシャンパンですね」

味わうように目を細める。

「酒は好きですか？」

「好きですね。すぐに酔っぱらうのであまり飲めませんが。私が酔うのが面白いと、ダンには無理に飲まされてしまうことが多かったです」

キーワードが出てくる。兎河はシャンパングラスをテーブルに置いた。

「昼前、カーター氏にあなたの意思を伝えましたが、その後直接連絡はありましたか？」

鶴谷は「はい」と苦笑いする。

「三智子さんとの昼食から帰ってきてすぐ、ダンからかかってきました。とても怒っていて、口汚く罵《ののし》られました」

鶴谷はテーブルの上に目を伏せる。

「私は謝ることしかできませんでした。体だけの関係でよければ個人的にも応じると言ったのですが、それが余計に気に障《さわ》ったようで」

顔を上げた鶴谷と視線が合う。

「想像していたよりもダンは一途《いちず》な人なのかもしれません。色々と買い与えてくれたのも、ペットを散歩用に着飾るような感覚だろうと解釈していたのですが、今思えばあれは好意の表れだったのかもしれないなと。……人はよくわからないものですね」

前菜が運ばれてきて、会話が途切《とぎ》れた。鯛《たい》のマリネがメインで野菜が繊細に盛りつけられて、見た目もいい。兎河は向かいに座る灰色の髪の男を観察した。背筋をピンと伸ばし、音もたてずにナイフとフォークを使う。綺麗《きれい》な食べ方だ。

「姿勢がよいですね」

褒めると「ありがとうございます」とはにかむように微笑む。

「私は猫背気味なので、姿勢には特に気をつけてるんです。背を丸めていると、一緒にいる自分まで貧相な人間に見えるからやめろと散々ダンに怒られたので」

服を与えて身なりを整え、場に負けない雰囲気を持たせる。カーター氏は彼なりに、自分に釣り合うよう初老の男を育てていたのかもしれない。その試みは成功し、鶴谷は高級感に負けない雰囲気を身につけた。しかしどれだけ外見を整えても、仕事の才がなく小心者という鶴谷の本質は変わらない。いくら硝子《ガラス》を磨いても、ダイヤモンドにはならないように。

「社長はいつも堂々としてらっしゃいますね。社長に就任された時も、お若いのに風格があるなと思っていました」

それは覚悟の違いだろう。物心ついた頃から、父親に「将来は会社を継ぐんだぞ」と刷り込まれてきた。そして自分も会社を背負う社長になるという生き方に一片の疑いも持ったことはない。

「あなたは？」

鶴谷が「えっ？」と首を傾げる。

「何か目指すものはありますか？」

いやあ、と決まり悪そうに後頭部を掻く。

「わたしもこの通り、いい歳ですし……」

「年齢は関係なく、あなた自身の問題ではないですか？　野心と向上心があれば四十代で、定年間近の社員が多い物品管理課に若くして配属されることはなかったでしょう。あなたは我が社の求める人材ではなかったということです」

鶴谷の頬が冷凍庫に取り残されたように強ばる。

「集めた全ての羊が優秀であれというのは、理想であって現実的ではないと私もわかっています。会社の実務はさておき、接待に関しては何年も協力していただけてとても助かりました。私も浅慮《せんりょ》な部分があり、このような形で揉《も》めたことを申し訳なく思っています」

わかりやすくうなだれる。反論の一つもするかと思ったが、社長と社員という立場に遠慮してか言い訳もしてこない。

新しい皿が運ばれてくる。ウエイターが去ったあと、鶴谷は「私は辞めたほうがいいんでしょうか」と聞いてきた。

「そういう意味ではなく、一般論の話をしただけです。接待をやめると秘書という肩書きが必要なくなるのであなたには他部署に異動していただきたいのですが、どこか希望はありますか？」

古巣の物品管理課を希望するだろうと予測していたが、返事はない。待っている間に、メインが冷めそうだったので肉にナイフを入れる。切れ目から、肉汁がジュワッとあふれ出した。

「希望する部署はありませんが、その……今までどおり社内報の編集をやれたらと思います」

誰も読まない、必要とされていないメールマガジン。男に似合いの仕事だ。

「ですが、会社を辞めてもいいと思っています」

鶴谷の顔には、それが思いつきや衝動ではないと感じさせる落ち着きがあった。

「もし社長がそれをご希望でしたら。今まで随分とお世話になりましたし、自分でも取り柄のない男だという自覚はあります」

本音を言えば辞めて欲しい。しかし無能な男性社員に性接待をさせたことを姉にパワハラと指摘された。ここで辞めさせたら、言葉で追いつめ辞職へと誘導したようで後味が悪い。

「辞める、辞めないはあなたの自由ですが、辞めるとなればこれまでのあなたの会社への貢献度を考慮し、再就職先や退職金は十分満足がいくよう手配します」

「ご配慮感謝しますが、扱いは中途退社していく他の社員と同じでけっこうです。幸い持ち家のローンの支払いも終わりましたし、独り身ですのでなんとでもなります。ですが辞める前に一つだけ私の望みを聞いていただけないでしょうか」

「どういった内容でしょう?」

鶴谷は上目遣いに兎河を見上げ、視線が合うとスッと逸《そ》らした。

「私と……その……一日だけ共に過ごしていただけないでしょうか」

共に過ごす、その意味を理解できないほど疎くはない。テーブルの上で組み合わせた指は細かく震えていて、年上の男が本気だとわかる。二年前にも誘われた。あの時は代案を示したが、今回は違う。辞職が交換条件だ。

「あなたの性的指向は女性でしたよね? プライベートでもやはり男性との行為のほうがよくなったということですか?」

男の頬が恥じらうように赤く染まる。それを隠すように両手で顔を覆い「そう……です」と消え入りそうな声で肯定する。

「それなら渡米してカーター氏のパートナーになれば、あなたの性欲は十分に満たされたのではありませんか？」

「私のようなつまらない男がえり好みできる立場にないというのは承知していますが、その……自分にも好みがありまして……」

カーター氏よりも、兎河のほうがタイプということだろうか。確かにそれは「個人の嗜好」としか言いようがない。兎河は鶴谷と一緒にいても、魅力は一切感じないし、内向的で自分の無能さを改善しようとしない部分が人として好ましく思えないが。

感情はさておき、次はビジネスで考える。接待を辞めた鶴谷に価値はない。無能な羊は解雇が正しい。残りたいと強く希望するならともかく、一度のセックスで去ると本人は言っている。それなら辞職させるのが、会社的にも無駄を排除できる。

「いいでしょう」

兎河は口許を拭い、ナプキンをテーブルの端に置いた。

「あなたの望みに応じます」

男が顔を上げた。兎河を見る目が、歓喜に輝いている。

「ですが私はあなたに性的な魅力を感じないので、挿入行為が成立しない可能性もあります」

「それは、はい。仕方のないことなので……」

「行為の出来、不出来にかかわらず、一日ということでいいですか？」

男の口許は、迷うことなく「はい」と動いた。

森の中に取り残されたような駅だった。本当にここかと看板を確かめたが、間違いない。そこには吹きっさらしの待合室はあるものの改札はない。無人駅だ。切符はどう取り扱ったものか戸惑っていると、学生服の少年がホームの西に立っている車掌に定期を見せていた。そういうシステムかと車掌に切符を手渡す。下車したのは二人だけ。車掌は電車に戻り、そして発車した。

電車が見えなくなると、辺りは沈黙に包まれた。チチッ、チチッと聞こえるのは鳥の声ばかり。四方は鬱蒼《うっそう》とした木々に囲まれ、光も遮られているので薄暗く陰気だ。

少年は駅前に置いてあった自転車に乗って走り去った。ぽつんと一人取り残され、兎河は途方に暮れる。駅の前は林の中を強引に開拓したような一車線の道路で、見通しが悪く車も走っていない。タクシーの一台ぐらい停まっているだろうと思っていたが、考えが甘かった。

近くにあるタクシー会社を検索して電話すると、出払っていて駅に着くまでに四十分前後かかると言われた。目的地までは道なりに歩いて三十分ほどで、来るのを待っている間に着いてしまう。結局、タクシーを頼まずゆっくりと歩き出した。

騒々しいよりも静かな場所が好きだが、ここは静かすぎて逆に気味が悪い。沈黙の林を五分ほど行くと、ようやく視界が開けた。山裾の田畑が見えてくる。九月も半ばを過ぎているが、陽の当たる場所を歩くと暑い。額に汗が浮かび、頬を伝って顎先からポタポタ落ちる。タクシーを待たなかったことを後悔したが今更だった。

鶴谷が会社を辞めることになり、その条件に提示されたのが自分とのセックスだった。一度ホテルへ行けば終わりだと思っていたが、あとで鶴谷の選んだ場所……という条件が追加された。指定されたのは山口の田舎にある鶴谷の実家。「何もない場所ですが」と話していたが、その言葉は謙遜《けんそん》ではなかった。

どこを見渡しても木々ばかりで、いったい誰のために作った駅だろうと疑問に感じていたが、十分ほど歩くとようやく民家が数軒見えてきてホッとした。道沿いにある灰色の屋根瓦の家の庭先では、老婆が土弄りをしている。視線が合ったので会釈《えしゃく》をしたが、よそ者を見る警戒した目は変わらない。

無人駅、鬱蒼とした林、不気味な静けさ、愛想のない住人……自分はここにいるべき人間ではないと周り全てから拒否されているようだ。実際、鶴谷の条件がなければ来ることもなかった場所だ。

一車線の道路は更に細くなり、路面が割れたり凹《へこ》んだりと舗装も酷くなる。対向車が来てもすれ違いできそうにないがどうするんだろうと思っていると、前から白い軽トラックが近づいてきた。減速する様子もなく、こちらに突進してくる。命の危機を感じ、慌てて道の端に避けた。

軽トラックに高齢者マークが見え、反射的にもう一歩右足を引く。が、そこにあるはずの地面がなかった。あっ、と思った時には体が斜めに傾き、広い溝《みぞ》にドボンと陥っていた。

溝の中で、ブロロッとトラックの行き過ぎる音を聞いた。立ち上がると、全身からぽたぽたと泥水が滴《したた》り落ちる。土手は土を固めたものだし、水の中に落ちたのでどこも痛めてはいないが、見た目は泥遊びをした幼稚園児だ。

ボストンバッグはどこへ行ったのかと周囲を見渡すと、泥水の中から持ち手だけが覗《のぞ》いていた。キャメル色のボストンバッグが焦げ茶色になっている。ジーンズの尻ポケットに入れてあったスマートフォンも泥水の洗礼を受け、電源が入らない。自分とボストンバッグの泥を流そうにも、先に家は見えないし、水道を借りるには無愛想な老婆の家まで戻らないといけない。

泥で汚れて薄汚いまま、両脇に雑草の生い茂る田舎道をとぼとぼ歩く。車や人とすれ違うことなく二十分ほど行き、田んぼの中にぽつぽつと五軒ほど家の点在する場所に来た。鶴谷の実家はこの辺のはずだ。目印は高い生け垣だと聞いているが、どの家も生け垣があるので見当がつかない。一番手前の家は門が開いているようだったので、入り口に回り込んで中を窺《うかが》うと、庭には人の背丈ほどの草が鬱蒼と生い茂り、どう見ても廃墟だった。

五軒の中で、一番奥にある家だけが他と違って生け垣の手入れがされている。近づいてみると『鶴谷』と古ぼけた板の表札が門柱に掛けられていた。間違いないだろうと思いつつ、同姓の他人である可能性も考慮して「ごめんください」と声をあげた。

「あ、はーい」

遠くから聞こえるのは鶴谷の声。家を間違っていなかったこと、たどり着けたことにひとまずホッとする。

木戸を開けて現れた鶴谷は、こちらを見て三度瞬きした。

「あの……いったいどうされたんですか?」

「車を避けようとしたら、道が狭くて溝に落ちてしまいました」

鶴谷は両手を小さく震わせた。

「けっ、怪我はありませんか？」

「水の中だったので、大丈夫です」

「とりあえず中にどうぞ」

木戸をくぐる。高い生け垣で目隠しされて見えなかったが、奥には平屋《ひらや》の家があった。かなり大きい。建物は古びていて、木製の雨戸といい、大きく突き出した軒先といい風情《ふぜい》がある。古くはあるものの目立った傷《いた》みは見られず、メンテナンスがされているのがよくわかる。

何よりも兎河の目をひいたのは、家と同じくらい広い庭だった。昔ながらの日本庭園で、小さな池に石橋、灯籠《とうろう》があり、松は剪定《せんてい》されている。雑草の気配はなくきちんと手入れがされている。

鶴谷は下駄に甚兵衛《じんべえ》という出《い》で立ちだった。紺地にグレーの薄い線の入ったそれは似合っていたが、そういうものを着用するというイメージはなかった。後ろ姿は細くて厚みがなく、膝丈のズボンから覗く足は不自然なほど白い。

「こちらで泥を流してください」

建物の東側に引き戸があり、開けると半畳ほどの土間になっていて、奥に脱衣所があった。泥だらけの靴を脱ぎ、隣に同じく泥だらけのボストンバッグを置く。

「古い家ですが、給湯設備はあるのでお湯は使えます。タオルと着替えは出しておきますので」

鶴谷が出て行ってから、兎河はスマートフォンを取り出した。泥を拭い、裏カバーを開ける。電源を入れても全く反応がないが乾けば復活するかもしれない。

風呂場は洗い場が三畳ほどと広く、浴槽は旅館でしか見たことがないような木製だった。服を脱ぎ、頭からシャワーを浴びる。黒い泥が木製の洗い場を流れ、排水溝に吸い込まれていく。

お湯で流すだけでは泥の匂いが取れず、石けんを借りて頭から足まで洗う。さっぱりして顔を上げると、浴室と脱衣所を隔てる曇り硝子《ガラス》の引き戸の向こうに、黒い影が見えた。鶴谷が着替えを用意してくれたようで、ほんの数秒で気配は消えた。

ついでにシャツやジーンズの泥もザッと洗い流す。シャツは白いせいか薄茶色の染みが消えない。クリーニングが必要だろう。ボストンバッグの中もしっとり濡れていたので、着替えも全滅しているかもしれない。

脱衣所に出ると、籐籠《とうかご》の中にタオルと服が用意されていた。体を拭って服を手にした兎河は困惑した。これは着物だ。他に何かないかと探ると、棉《めん》の半袖シャツと膝下の股引《ももひき》が出てきた。借り物なので別の物をとも言いづらく、仕方なく肌着を身につけ、着物を羽織った。透け感があり想像していたよりも涼しいが、帯が締められない。仕方がないので脇で結んだ。

なんとか身につけ廊下に出ると、奥の部屋から鶴谷が現れた。

「サイズは大丈夫ですか」

「丈は合っているようです」

「私のものは社長には小さいので父親に借りましたが、着られたようでよかったです。古い物ですが手入れはしてあります。下着は新しい物ですので。……あの、帯を直してもいいですか?」

自分でもみっともないことになっているという自覚はあったので任せた。俯き、帯を解く鶴谷の首筋から甘い匂いがした。気のせいかと思ったが、やはり甘い。花の手入れでもしていたんだろうか。

「私の父親は、昔の人にしては背が高いほうでした。反物《たんもの》の卸《おろ》しの仕事をしていたので着物が沢《たく》山《さん》残っているのですが、私には大きすぎて着られなくて……社長にはぴったりですね」

鶴谷が着付けて帯を締めると、合わせがぴしりと締まった。着物が整ったあと、兎河はこげ茶色のボストンバッグの中身を確かめた。着替えの下着やシャツは案の定、泥が染みている。それは鶴谷が自分のものと一緒に洗うと言ってくれたので任せた。帰りに服がなければ困るし、天気がよければここを発《た》つまでに乾くだろう。

服以外で汚れていたものを洗面所で洗い、拭いて一段落した頃に客間に通された。十畳ほどの畳敷きの部屋だ。灰色の土壁で、床《とこ》の間《ま》にはオレンジ色の百合《ゆり》の花が飾られている。縁側に続く障子《しょうじ》は開け放たれ、広い庭が見える。池の向こうにオレンジ色の百合が群れ咲いているので、そこから手折《たお》ってきたのかもしれない。

ここに来るまでは、面倒な小旅行、見知らぬ駅、静かすぎる森、無愛想な住人、極めつけが泥水の洗礼と煩わしさしかなかったが、ようやく美しい庭を観賞するだけの余裕ができる。みるみるうちに太陽は傾き、庭は日陰の割合が多くなる。長く一緒にいても意味がないと判断し、東京を出たのは昼間際だった。予期せぬアクシデントのせいで時間を取られ、もうすぐ午後五時を回ろうとしている。秋だというのにやけに湿気を帯びた空気が首筋にまとわりつく。

ミシミシと廊下が軋《きし》み、障子に人影が映った。鶴谷が顔を覗かせる。

「失礼してもよろしいですか」

「はい」

鶴谷は「どうぞ」と盆に乗せた茶を座卓に置いた。喉が渇いていたので、すぐ手に取る。ここ、暑いですねえ、と呟き出ていった鶴谷が扇風機を手に戻ってきて電源を入れた。そよそよと柔《やわ》い風が頬にあたる。

「古い家なので冷房がなくてすみません。夜になればもう少し涼しくなると思うのですが」

恐縮したように鶴谷は謝る。

「いいえ、大丈夫です。思っていたよりも涼しいですし」

着物の袖口を押さえると、鶴谷は「紗《しゃ》は薄いですから」と頷く。会話が途切れ、静かになる。鳥の鳴き声がチチッと響き、気まぐれに吹く風が庭木の葉を揺らし、ザワザワと音をたてた。

「駅からここまで歩いてきましたが、家も人も少ないですね」

鶴谷はそうですね、と相槌をうつ。

「若い人が出て行き、残っているのは年寄りばかりです。その年寄りも亡くなって、この家の近所も全て空き家です。うちも普段人は住んでいませんが、手入れはさせています」

周囲の家が荒れているなと思っていたが、人のいないゴーストタウンだとは思わなかった。本当に、田舎の山奥に二人きりなのだ。

「会社を辞めたあとは、帰ってくるんですか？」

いいえ、と鶴谷は首を横に振った。

「ここは人もいなければ、仕事もないので。両親の残してくれた思い出深い家なので、これまで人に頼んで手入れをしてもらっていましたが、都心に持ち家もありますし、そろそろ売りに出すか壊すかしようと思っています」

男との情事に自分の実家、それも思い出深い家を選ぶという感覚は普通なのだろうか。一度きりの情事の相手の記憶を、いつか取り壊す家、手放す家と共に消し去ろうということなら、理解できないこともない。

鶴谷が自分を見ている。そう大きくない目が、上目遣いに、期待するように。コトに及ぶのは夜だろう。それなのに今から絡みつくような視線を送られても困る。早急だし、その気にもなれない。

「庭に出てもいいですか？」

「ええ、もちろん」

鶴谷は先に庭に回って縁側の下に草履《ぞうり》を置いてくれた。本人の足には大きそうなので、背が高かったという父親のものだろうか。庭へ出て池を覗き込むと、赤と白の斑《まだら》模様の鯉《こい》がスイッと近づいてきて、水面に頭を上げパカリと口を開けた。しばらくそうしていたが、兎河が何もアクションを起こさないと気づいたのか、尾でピチャリと水面を叩き、離れていった。

オレンジ色の百合が風でゆらりと揺れる。池のすぐ傍《そば》には大きな樫《かし》の木があり、それを中心に庭を作ったような雰囲気だ。

踏み石の上を通ってゆっくりと庭を一周し、樫の木の下に戻る。大きな幹に凭《もた》れて庭と古い家を眺めると、一枚の絵のようにしっくりと馴染《なじ》む。家の雰囲気とも相まって、静謐《せいひつ》で美しい。住まない家を、金をかけて管理していた鶴谷の気持ちが理解できる。

鶴谷が庭に出てきて、池に近づく。途端、水面がばちゃばちゃと音をたて、鯉が跳ね回る。美しい風景を乱す無粋な音。

エサをやり終えた男が傍にやってくる。その顔は……悪いことをして、叱られる前の子供のような不安に満ち満ちている。

「あの……」

おずおずと切り出す。

「日のあるうちから大変恐縮なのですが、そろそろ……」

ペニスを使わせろと言ってきた。趣味のいい家と庭を堪能《たんのう》していたところで、いきなり場末の酒場に連れ込まれるような違和感。それでも自分に拒否権はない。今回は「相手をすること」が条件だ。

「先ほどの部屋、もしくは別の部屋に行きますか？」

「いえ、ここで」

思わず周囲を見渡す。雰囲気のある日本家屋、手入れのされた美しい庭……そしてここは野外だ。

「社長は何もしなくてけっこうです。そこに立っていていただければ、あとは私がします」

しかも性行為に及ぶのに、立ったままという意味不明さだ。

「あなたは何をしようとしているんですか？」

鶴谷の口許が僅かに歪《ゆが》み「……あそこを舐めさせていただきたいのです」と恥じ入るように目を伏せた。

「人はいませんし、誰も見ていません」

そういう問題ではない。性行為はノーマルなもので十分に満足できていたので、相手にもそれ以上を要求したことはないし、野外など論外だ。プライベートで相手に要求されても、普段なら迷うことなくノーだが、今は状況が違う。

以前、鶴谷がカーター氏とアダムス氏を性接待するのを途中まで見たことがあるが、二人の外国人のやり方は悪趣味の極みで傍観者の兎河は一瞬たりとも興奮するシーンはなかった。そして今の鶴谷には、あの時の外国人と同じ匂いを感じる。

「どうぞ」

鶴谷の頬が緩み、パアッと上気する。

「あ、ありがとうございます」

悪趣味な男が兎河の前に跪《ひざまず》いた。震える両手で着物を左右に捲る。そして股引の、股間の膨らみをじっと見つめた。顔を近づけ、匂いを嗅ぐように大きく息を吸い込む。その行為が、割り切っていても薄気味悪く、目の前の男を蹴り飛ばしたい衝動に駆られたが、グッと耐えた。

「若草のようないい匂いがします」

うっとりと呟き、鶴谷は股引の上から兎河の膨らみにそっと触れた。物理的な感触に、ピクリと反応する。それに気づいたのか、鶴谷の頬が笑うように緩んだ。

「失礼します」

股引の前あき穴からいきなり指を差し込まれギョッとする。直接的な接触に感じるものの、勃起するほどではない。鶴谷は股引を太腿の半ばまでぐっと引き下げた。ペニスが露出しだらりと垂れ下がる酷いビジュアル。滑稽なそれを、鶴谷は穴が空くほどじっと見つめる。

「とても立派です」

褒められても、感情はフラットで嬉しくもなければ、不快でもない。

「いつも考えていました。社長はどういう形や色をしているんだろうなと。大きいのはなんとなくわかっていたのですが、想像の何倍も素敵でした」

垂れ下がったそれをそっと手のひらに載せ、顔を近づけてくる。そして池の鯉のようにぽかりと口を開けると、先端を咥え込んだ。ヌルリとした生温かい粘膜に包まれ、刺激でドクンとそこが脈打つ。優しく揉むように唇で幹を締め上げられ、血液が集まり、嫌悪感を払いきれない心地よさに腰が震える。「んっ、んっ」と鼻を鳴らしながら自分にフェラチオをしている男の顔が汚物のようで見るに耐えず、兎河は空を見上げた。

舌先が幹や先端を舐めながらねっとりと動く。相手はどうであれ感じて勃起するのでテクニックはある。カーター氏を虜《とりこ》にしたのも、鶴谷にこういう技術があったからなのかもしれない。

静かな庭に、ちゅぶちゅぶと耳を覆いたくなるほど淫らな音が響く。そこはどんどん飲み込まれ、陰毛に唇が触れるのがわかった。導かれたその奥は熱く深い。

頭上にある木の葉がざわざわと揺れる。何気ない景色と、非日常。外で、こんな場所で、自分は何をしているんだろう。相手を見ないよう逸らしていた視線を下に向ける。灰色の髪の男が、嚙みつくような勢いで兎河のペニスを吸っている。跪き、口淫にふけるその顔はみっともなく無様《ぶざま》。恥ずべき男は、雄のペニスを夢中でしゃぶりながら甚兵衛の股間に手を差し込み、指をせわしなく動かして自らを慰めていた。まるでおかずのように扱われているのに苛立《いらだ》ちが込み上げ、兎河は鶴谷の股間を草履で踏みつけた。

細い体がビクビクと震え、顔を上げる。ぐいぐいと強くそこを踏みつけると、咥えたまま小鼻を膨らませ「はぐっ」「はふっ」と喘いで涙目になった。それでも口の中のものを離そうとしない。いい加減に終わりたいが、達するにはあと少しだけ刺激が足りない。兎河は灰色の髪を摑み、激しく前後に動かした。

鶴谷は呻《うめ》きながら涙を流す。男の口淫は見たくないが、苦しげに泣いている顔は注視してしまう。どことなく胸がすく感じがするのは惨《みじ》めで恥ずかしいこの男に似合いだからだろうか。

夢中で先端を擦り上げているうちに快感が螺旋状《らせんじょう》に高ぶり、やがて爆発した。鶴谷の喉がコクコク動く。そして一滴も残さないとでもいうように先端の穴をチウチウと吸い上げた。

「すみませーん」

庭の向こうから人の声が聞こえ、兎河は硬直した。鶴谷は口許を拭うと「ちょっと失礼します」と断って立ち上がり、膝についた土をパンパンと軽く払って、玄関に向かった。

股引はずり下げられ、濡れたペニスが露出したままだったと気づき、慌てて中にしまう。自分が主導権を握っているつもりが、鶴谷の泣き顔を見ているうちにいつの間にか我を忘れていた。

気持ちを落ち着けようと、もう一度庭をゆっくりと歩いてみる。仕事なら、どんな窮地《きゅうち》に立たされても取り乱すことがない。それは過去のセックスも同様だったが、さっきは我を忘れていつになく凶暴な気分になっていた。少し強くなった風で木の葉が揺らぎ、自分の心もザワザワと騒いでいる。

夕暮れはいつの間にか鶴谷の髪のような灰色の雲に覆われ、陰気に様変わりしている。雨が来そうだと思った端から、パラパラと降り出す。縁側から外廊下に上がり、草履の鼻緒を摑んで玄関に回ると、ダンボール箱を抱えた鶴谷と鉢合わせた。

兎河の視線が抱えた箱にあることに気づいたのか「食材を配達してもらったんです」と微笑む。

「この辺りは料理をとれるような店もないし、スーパーも遠い上に私は車も所有していないので、帰った時はいつもお願いしているんです」

重たかったのか、箱を抱え直した鶴谷は「そうめん、お嫌いではないですか？」と聞いてきた。


雨は夕刻から途切れず、ザアザアと降り続いた。乾かしているスマートフォンは復活する気配はなく、兎河はテレビでローカルニュースの天気予報を見るともなしに見ていた。明日にかけて降り続くようで「強い雨に注意」と出ている。

夕飯はそうめんと野菜の揚げ物で、不味《まず》くはないが、特別美味《うま》いというわけでもなかった。食事を終えると鶴谷は客間を片付けて姿を消し、兎河はバラエティ番組の音声が煩《わずら》わしくなりテレビを消した。

ゴロゴロと雷が鳴り、ドンッという音と共に家が震える。その気配が近く、この家に落ちるのではないかと不安になる。

「酷い雨ですね」

鶴谷が戻ってきて、兎河の前に湯飲みを置いた。甚兵衛から紺地の浴衣に着替え、風呂上がりなのか白い顔が上気していた。

ドンッと雷が落ち、明かりが消えた。不意の暗闇と、ザアザアとうるさい雨。復旧は遅く、朝までこのままかと思っていると、ブッと音をたてて電球がついた。鶴谷が「雷が酷いですね」と息をつく。

「お風呂に入りませんか？」

「私はいいです」

泥を洗い流してから汗をかいていないし、二度目は面倒だ。では……と鶴谷は座卓の前で正座した。

「隣の部屋に床をしつらえています。……今からよろしいですか？」

自分は断ることはできない。鶴谷は決して高圧的ではないし、おとなしい誘い方をしているが、それが微妙に癇《かん》に障る。どうしてだろう、今日は感情の起伏が激しく、やけに苛々する。普段、人前で怒ってみせても、それは相手への影響を計算した心理戦で、演技だ。素で感情が乱れているわけではない。だから今日の自分の状態を持てあます。

「もちろんですよ。それが条件ですから」

鶴谷は「よろしくお願いします」と頭を下げ、先に客間を出る。普段はもっと割り切れるのに、意味もなくグズグズしてから隣の部屋へ向かった。襖《ふすま》を開けると、そこには布団が敷かれてあり、その横に鶴谷が正座して待っていた。傍にはローションとコンドーム、ティッシュの入ったトレイがあり、これからの行為の生々しさを見せつけてくる。

腹の底から突き上げるように空虚な笑いがこみ上げてくる。

「……困ったな、あなたを見てもそそられない」

ビジネスと割り切れない、堪《こら》え切れない本音に鶴谷は「申し訳ありません」と謝る。

「何もなさらなくてけっこうです。布団の上に横になっていただければ、あとは私が……私が勝手にしますので」

兎河は畳を踏み鳴らして部屋の中央まで行き、布団の上にごろりと大の字で横たわった。苛立つ自分に余計に腹が立つ。鶴谷はどことなく怯えたような顔をしていたが、しばらくすると「失礼します」と兎河の着物の裾を左右に広げた。そして股引の前あき穴から、全くやる気のない兎河自身を引き出した。夕方、庭で触れられた時にはそれなりに感じたが、今は激しく気分が萎《な》えて不愉快なだけだ。

ゴロゴロと雷が鳴り、ズシンと落ちる。また部屋の明かりが消えた。今度もさっきと同じ、一時的なものかと思ったが、いつまで経っても明かりはつかない。本格的に停電したかもしれない。ザアザアとうるさいほど降る雨と、ゴロゴロと余韻を響かせる雷、そして暗闇。

唐突に自分のそれが生温かい場所に飲み込まれた。先端をヌルヌルしたものが嬲《なぶ》り、挟んできつく吸い上げる。辺りは怖いほどの漆黒で、自分のそこを吸い上げているのが何かは見えない。わかるのは、その感触と地の底に引きずり込まれるようなおぞましい心地よさだけ。

暗闇で呑まれる感覚に畏怖《いふ》しながら、体が快感に取り込まれていく。自分のそこが完全な形に育てられ、そろそろと撫でられる。締めつけるような窮屈さ……おそらくゴムがかぶせられた。

停電した当初、辺りにあるのはどうしようもない暗闇だったが、目が慣れてくると影の濃淡がうすらぼんやりとわかるようになる。仰向けになった自分の上で人の影が蠢《うごめ》き、ゴムのかぶせられた自身が、口よりも熱く、きつい場所にみちみちと飲み込まれる。

そこが圧迫されると同時に、腹にずしりと人間の重みが加わった。

「ふはっ、はあっ……」

激しい雨音と喘ぎ声が重なる。そこの締め付けはかつて経験したことがないほど凄まじく震えるほど気持ちいい。けれど自分の上にいるのが何かは知らない。わからない。得体が知れない。

ブンッと音がして電球がつき、部屋が明るくなった。天井の木目が見える。視線を手前に傾けると、細すぎる貧弱な体、灰色の髪をした全裸の男が、両足を大きく開いて腹の上に跨《また》がっていた。厚みのない太腿の間から、兎河自身が飲み込まれているのが見える。

男の体は白いのに、勃起した貧弱なペニスだけが生々しいピンク色をしている。細い体が前後にゆらっと揺れ、貧弱なペニスがヒクヒクと震える。喉をのけぞらせ「んんっ」と気持ちよさそうに喘ぎながら鶴谷は自分で自分の乳首を摘《つま》んだ。ゆっくりこね回す。淡いピンク色だった乳首はあっという間に充血し淫らな赤色になる。

「みっともない」

快感にとろけていた顔が、慌てて兎河を見下ろす。

「胸で感じているんですか？」

破廉恥《はれんち》な男の頬がじわりと赤くなり「……す、すみません」と上擦《うわず》った声で謝った。謝られると余計に苛々する。

「接待を始めるまで、男とセックスの経験はなかったんですよね。カーター氏やアダムス氏と性行為を重ねるうちに、女性のように胸で感じるようになったんですか」

「そ……うです」

震えながら天を向く鶴谷の欲望を、兎河は右手の人差し指で強く弾いた。

「ひっ」

鶴谷が膝を締め、中がキュッときつく締まった。刺激につられて射精しそうになり、ぐっと堪える。自分の上で震える男が猛烈に鬱陶《うっとう》しい。

「あなたは駄目な男だ」

鶴谷が顔を上げた。

「仕事ができるできないは個人の資質の問題ですが接待を仕事として割り切れず、プライベートでも自ら進んで男としようとするなんて、常識では考えられない」

もっと冷静に今の状況をやり過ごせばいいのに、言いたくて仕方ない。

「ご、めんなさい」

謝るばかりで男が動かなくなる。刺激がないのが辛くなり、兎河は軽く腰を突き上げた。

「ああっ」

鶴谷の股がカパリと開き、みっともなく勃起した貧相なソレが露《あらわ》になる。

「今ので感じたんですか？」

鶴谷は無言のまま首を横に振る。そんな本人の態度とは裏腹に、欲望の先端は精液という涙を滲《にじ》ませる。

「直腸をペニスで突き上げられて感じたんですね。どうしてそんな場所で感じることができるんですか？　信じられない。普通の男は尻に挿入されても感じたりしないんですよ」

鶴谷の太腿を軽く叩くと、パシンと音がした。白い肌に、兎河が叩いた手の跡が赤くじわりと浮き上がる。

「い……痛い」

ペニスの先端だけではない、鶴谷の目にもじわりと涙が浮かぶ。苛立ちが薄れ、胸がスッとする。お前にはその顔が似合っている。自分自身の恥ずかしさ、みっともなさをもっと自覚し、もっと泣いて謝ればいい。

「たかがセックス如きで人をこんな田舎まで呼びつけて、いい迷惑です」

鶴谷は涙を手の甲で拭いながら「すみません、すみません」と譫言《うわごと》のように繰り返す。

「ここは実家で、ご両親と暮らした家でしたね。そんな思い出のある家で、よく恥ずかしげもなく男に股を開けますね」

「そっ、それ……言わないで……」

さっきとは反対側の太腿を叩く。「あうっ」と鶴谷は背筋をのけぞらせた。両太腿に、同じように赤い手形が残る。

「ペニスを挿入されて感じるなんて女性のようですね。息子として立派に育ててくれたご両親に恥ずかしいとは思わないんですか。夕方も庭で私のペニスをしゃぶって喜んでいたでしょう。あなたのあんなみっともない姿を見て、天国のご両親はさぞかしショックを受けられたでしょうね」

鶴谷の目から涙が溢れ、頬を伝い、兎河の腹の上で弾けた。背筋がゾクゾクする。そんな見た目の反省とは裏腹に、鶴谷の中はギュウギュウと痛いほど締まるのもたまらない。

「叩かれても、叱られてもあなたは感じるんですね。そんな変態に育てた覚えはないとご両親は草葉の陰で泣いてらっしゃいますよ」

兎河は腰を二度、三度と激しく突き上げた。「ああっ、ああっ」と喘ぎながら、鶴谷の体が嵐に揉まれる小舟のように揺れる。大きく開かれた股からは、ソコに出入りする自分のペニスが見え、鶴谷の陰嚢《いんのう》がタプンタプンと腹を打つ。

「男の味を覚えたのは五十間近になってからですよね。初老のくせに、男のペニスを咥えるのと、尻に挿入されるのが大好きになるなんて好色も甚《はなは》だしいですね」

「ごっ、ごめんなさ……い」

何度も乱暴に突き上げる。最初は勢いよくやっていたが、細身とはいえ男である鶴谷の体は重たく、次第に腰がだるくなってくる。上半身を起こし、目の前にある白い脇腹を押すと、男は後ろ向きにドッと転がった。繋がっていた部分がずるりと抜ける。

仰向けになった鶴谷は驚いたように瞬きし、そして右手で尻に触れた。抜けていることに気づいたのか、途方に暮れた顔をする。兎河が睨《にら》みつけると、鶴谷はおどおどと視線を逸らし、緩んだままの尻穴に自らの指を突っ込んで弄り始めた。あれじゃ物足りない、もっと欲しいとこれ見よがしに、グチュグチュと音をたてて。

「あっ、んんっ……」

柔らかくなっている穴が綻《ほころ》ぶように口を開ける。気づけば兎河は鶴谷の腕を摑み、布団の上に引きずり上げていた。両足を抱え上げ、まだ締まり切らない淫らなそこに自分のペニスを押し当て、一息に貫いた。

「ひああっ」

そこは待ち構えていたようにズブズブと兎河を飲み込んでいく。勢いよく引き、突き上げる。そのたびに鶴谷は「あっ」「んっ」と上半身を捻《ひね》る。小さいくせに真っ赤な乳首が不自然で、しこったそこを摘むと「ひいっ」と喘ぎ、中が蠢いた。

腰をグラインドさせながら、鶴谷の両乳首を強く摘む。嫌々をするように首を横に振るくせに、人の手を払うことはしないし、ペニスは屹立したまま。乳首が腫《は》れ上がるほど虐《いじ》めてから、勃起を知りながら放置していたペニスを握ると「ああんっ」とソコを締めあげる。

「そんなに尻に挿入されるのが好きなら、邪魔なペニスなんか取り去って乳房を作り、わかりやすく女の体にしてはいかがですか」

「それは……やっ」

「あなたはもう男ではないでしょう。コレがあっても仕方ないんじゃないですか」

握ったペニスを強く引っ張ると、中がビクビクと震える。鶴谷は両腕で目許を覆った。

「ごめんなさい、ごめんなさい……許して…」

隠した目許から、ボロボロと涙がこぼれる。兎河は鶴谷の腕を摑み、顔の前からどけた。泣き濡れた顔に激しくそそられる。もっともっと謝らせて、恥ずかしくみっともない人間だと自覚させたい。「私はペニスが大好きな破廉恥な男です」と何度も何度も叫ばせ、罪の意識で号泣させたい。

兎河は乱暴に腰を突き上げた。

「ひいんっ、あああんっ、ああっ、あああっ」

泣きながら、中途半端に開いた唇が淫らに喘ぐ。

「あなた、わかってるんですか？　本当はこんなことをされて感じてはいけないんですよ」

鶴谷は「ち…が…」と首を横に振る。

「感じてないって？　嘘だ。こんなに感じてるじゃないですか！」

鶴谷の欲望をギリギリと握り締める。

「いや、痛……い……痛い」

屹立する中心から手を離し、ブラブラする陰嚢を摑む。そちらは中心とは逆に、ゆるゆると揉み上げる。鶴谷は上半身をくねらせていたが、そのうち動きを止め、両肘をついて少しだけ体を起こした。

「なんですか？」

「あの……もう少しだけ力を……」

強く握ると「ひいっ」と悲鳴をあげた。

「やっ、やあっ」

「痛いぐらいなのが好きなんでしょう。そう人に指図をしたじゃないですか」

「ごめんなさい……ごめんなさい……もうちょっとだけ力を……」

更に強く握ると、激しく首を横に振って身悶《みもだ》えた。

「ちが……ちが……う」

「自分が恥ずかしい存在だという自覚もない上に、欲望にだけは忠実で、わがままで、もうどうしようもないですね」

痛みで身悶え、泣きながら、震えながらも萎えない。気持ちいいのだ。そのギャップにゾクゾクする。兎河は悶える灰色の髪を摑み「あなたは人間のクズだ。生きている価値もない」と囁いた。男の目からぽろりと涙がこぼれ、自分を激しく興奮させる男の顔を兎河はべろりと舐め上げた。

寝たのは明け方。時計を見ると昼近くになっているのに、外はどんよりと薄暗い。雨の音もするので、相変わらず天気は悪いようだ。隣に鶴谷の姿はない。

頭の横に水差しとグラスがある。昔、小学生の頃に体育館のステージで話をする校長の隣にこういうのが置かれていたなと思い出す。

レトロな水差しからグラスに注ぎ、水を一口飲む。もうどうしようもないほど布団は乱れ、薄暗い部屋の中は、精液の匂いが立ち込めている。

襖が開き、全裸の男が部屋に入ってきた。疲れ果てた顔でノロノロと。その体は薄暗い中で、青白く光るようだった。

「昨日からの雨で土砂崩れがあって、電車が止まっています。それでも、道路は通れそうです」

淡々と現状を報告する。

「お腹は空いていませんか？　おにぎりぐらいしかできませんが……」

兎河は手のひらを上に向け、人差し指をクイクイと動かす。すると男が近寄ってきた。

「どうして服を着ないんですか？」

鶴谷の乳首は、触ってくれと言わんばかりに赤く熟れている。

「家の中なので……」

「また抱かれたいんですか？　昨日、あれだけ喜ばせたのに、まだ足りないと」

「あ、いえ……誘っているとかではなく、家の中だし面倒で……」

足首を摑んで引き寄せると、鶴谷はバランスを崩し前屈みになって布団の上に膝をつく。その体を俯《うつぶ》せに押し倒し、腰を抱え上げた。

何度も挿入した淫らな穴は、入り口が少し赤くなっている。赤みの周囲に触れると「あっ」と艶めかしい吐息を漏らした。緩み切ったそこに指を入れただけで「ひあんっ」と甘い声をあげる。

「わかってますよ、ここにペニスがほしいんでしょう」

背中から覆いかぶさり、裸を見ているだけでいきりたったモノでズブリと貫いた。

「ひあああっ」

白い背中が反り返る。

「電車が動かなくなって、私がここに残らないといけなくなって嬉しいんですよね」

鶴谷は嫌々をするように首を横に振る。

「一日中でも、尻の中に男のペニスを感じていたいんでしょう。本当に好きで好きで仕方がないんですね。あなたのような男をスキモノと言うんですよ」

背中を叩いた。赤い手形の華が咲く。のしかかって背後から乳首を摑むと、細い体がブルブルと震えた。中を乱暴に穿《うが》つ。抗《あらが》うように上半身を捻るのが艶めかしい。

嫌がる鶴谷にそそられることに仄かに苛立ちながらも、もっと乱暴にして泣かせたいと思う。この家の、鶴谷の醸《かも》す空気にあてられて、気づきたくなかった自分の性癖を引きずり出された。この男を虐めたい。言葉で責めて羞恥心を煽《あお》り絶望させ、そして……痛みに泣かせ、感じさせたい。

「この淫らな尻穴で、今まで何本のペニスを咥え込んだんですか？」

自分が入っているそこを更に指で押し広げようとすると「やっ、やめて、怖い」と悲鳴をあげた。

「何本かと聞いてるでしょう」

鶴谷は「なっ、七本」と答える。頭の中がカッと熱くなり、気づけば白い尻を激しく平手打ちしていた。細い男は手綱《たづな》を引かれた馬のように背中が反り返る。

「接待をしていたのは、カーター氏とアダムス氏の二人だけ、今回の私を含めても三人。残りの四本は誰のペニスですか！」

陰嚢を潰す勢いで摑むと、も、やめ……と泣きながら「ニューヨークに呼ばれた時ヒューイの企画した乱交パーティーで……」と告白する。

「じゃあこの淫らな尻は、そこで四種類の外国人のペニスを味わったんですね。どういう感触だったのか覚えてるでしょう。教えなさい」

鶴谷はグズグズと泣き出した。鼻を啜《すす》りながら「一つ目は……黒人ですごく大きかった。大き過ぎて、黒くて怖かった。二つめは細くてとても長かった。三つ目は……亀頭が大きかったかな。四本目は芋虫みたいに真ん中が膨らんだ不格好な形で、けどすごく気持ちよかった」と馬鹿正直に答える。

「やっぱり外国産のペニスが好きなんじゃないですか！」

怒ると、激しく首を横に振る。

「すっ、好きじゃない。仕事だから……」

「けど気持ちよかったんでしょう。今、そう言いましたよね」

「わっ、私はもっと……固いのが好きなんです。石のように固くて、熱くて……それで大きかったら理想の……」

鶴谷の視線が兎河の下半身に向けられる。その眼差しに背筋がゾクゾクする。

「私のペニスはどうでしたか」

淫乱な男の耳許に囁くと、何度も大きく頷いた。

「きちんと言葉にして。大きさは？」

「……いい」

「固さは？」

「……すごく、すごくいいです。ずっと本物を見たくて、口に入れたくて……」

苛立ちと興奮は紙一重で、胸糞悪さを覚えながら、震えるような興奮を享受《きょうじゅ》している。

「それまでの外国産の六本よりも、私がタイプなんですね」

コクコクと頷く。

「尻の中に入れてもらえるなら本当はなんだって嬉しいくせに、生意気にペニスをえり好みするんですね。いったい何様のつもりですか。私に相手にしてもらえるだけありがたいと思いなさい。なんて本当にみっともなくて、恥知らずで、どうしようもない男だ」

男を責めながらガツガツと掘り進める。鶴谷はグズグズと泣いていたが、途中から「いい、いい」と喘ぎ出した。この世の終わりのような場所で、醜悪《しゅうあく》な男とまぐわう。精液の匂いしかしないここは、現実の世界か？

兎河はずるりと自身を引き抜き、自分が責め立てていた男を仰向けにした。細いというより貧弱な体。白い肌は上気し、頬も赤い。髪は灰色。この男は少しも美しくはない。それなのにかつてないほど、兎河の情欲を刺激する。

上半身をくねらせ、男が鯉のように口をパクパクさせる。何を言っているのかと耳を近づける。

「……固いの舐めたい。熱くておおきいの、舐めたい」

ハアハアと荒い息をつきながら体を起こした鶴谷は、渇いた人が水を求めるように、大きく口を開いて兎河のペニスにむしゃぶりついた。


月曜日の朝は、前日までの雨が嘘のように晴れ上がった。水分が蒸気になり空へ立ち帰っていくのが見える。精神が天候に左右されるとは思わないが、明るい日射しは人を正常にする。

縁側で、着物をだらしなく着て片膝を立てたまま、兎河は自分の中に住んでいた凶暴な性衝動のことを考えていた。

止まっていた電車は始発から動いていると聞いた。帰りの時刻も把握している。約束も果たした。服を着て駅へ行けば全てが終わる。あの男とも縁が切れる。そうするべきだし、そうするつもりなのに、帰るためのアクションを起こす気にならない。

ミシリミシリと畳の軋む音がする。甚兵衛姿の鶴谷が、トレイを片手に近づいてきた。

「食材の配達が遅れて、ご用意できるのがこんなものばかりですみません」

出てきたのはおにぎりと卵焼き、そしてみそ汁。兎河は無言でおにぎりを口に運んだ。

「何時頃発たれますか?」

隣に立ったまま聞いてくる。兎河は男の甚兵衛のズボンの裾を摑み、勢いよく引き下げた。ウエストがゴムになっているそれは、足許にトサリと落ちる。

「あ、あの……」

上着の紐を、外側と内側両方とも引っ張って外す。そして目を覆いたくなるほどかっこ悪い白のブリーフも引き下げた。前がはだけた男の、細いペニスを人差し指と中指の間で挟む。それだけ、愛撫的なことはしていないのに、鶴谷の息が僅かに上がり、挟んだペニスが拍動してくる。

この男は毒花だ。ひ弱な見た目で油断していると、刺されて毒が一気に全身に回る。

「あなたはこれからどうするんですか?」

軽くペニスを擦ってやると「むっ、むこうに戻って仕事を探します」と声を上擦らせる。

指の間できつく挟むと、鶴谷が前屈みになりビクビクと震えた。今朝方まで責め立て、泣かせたせいで鶴谷の目は赤く腫れている。もう散々したのに、また虐めたい。恥ずかしいことを言わせて、罵りたい。

「……都内の関連会社を紹介しましょうか?」

鶴谷が首を傾げる。

「その、社長はもう私とは関わりたくないのでは……」

答えず、兎河は親指で先端を押した。鶴谷の腰がみっともなく引ける。自分以外は外国人とし か寝たことがないという淫乱で恥ずかしい男は、自分に好意を抱いている。だからこそ、最後に実家でのセックスを要求してきたのだ。この男がどこまでそれを意図していたかはわからないが、自分はこの男の棘《とげ》が突き刺さり、毒が体中に回り、頭がおかしくなっている。次があってもいいと思うほどに。

「これからも気が向いたら、節操のない尻穴を満足させてあげますよ」

驚き、涙を流して喜ぶとばかり思っていたのに「あ、いえ。けっこうです」と鶴谷の返答は冷めたものだった。

「私は社長と一度寝てみたかっただけなので、今回のことで満足させていただきました」

自分の中の興奮と、鶴谷の反応の温度差に頭が混乱する。

「それはどういう意味ですか？」

「だからその、一度で十分といいますか……」

腹が立って尿道に爪を立てると、鶴谷は顔を歪めた。

「私を弄んだということですね」

いえ、そんな……と鶴谷は両手を左右に振った。

「社長を弄ぶなんて大それたこと、私にできるわけありません。それに最初から一度だけという約束でしたよね」

人の腹の上で淫らに腰を振り、「いい、いい」と喘ぎ狂っていた。飴《あめ》のようにペニスをしゃぶり社長のが一番好みだと告白した。

「社長はとても立派です。私は無能でとても卑しい人間なのでそんな自分に似合いの相手を探します。たとえ見つからなくても、お金さえ払えば性欲は満たされるので」

強がっているわけではなく本心なのは、顔を見ていればわかる。

「赤の他人に金を払わなくても、気が向いたら満足させてやるという話をしているんです」

ギリギリ脅すように指に力を入れる。鶴谷は人質に取られた自分のペニスと兎河の顔を、困惑の表情で交互に見ている。

「それとも私では満足できないと」

「いっ、いいえ。社長はとても魅力的で、セックスも素敵でした。ですが私はもっと色々なタイプのペニスを味わってみたいんです」

ソレを想像したのか、鶴谷の目がうっとりと天井を見上げる。その顔を、信じられない気持ちで兎河は見つめた。

この男はなんだ？　年甲斐《としがい》もなく年下の、同性の社長に好意を寄せ、自分の退職と引き替えに思いを遂げようとしたんじゃないのか？　好きな相手から、セックスがよかったから今回限りじゃなく次もあると言われたら、普通は嬉しくて喜ぶんじゃないのか？　そもそもお前は相手を選べるような立場にあるのか？　その歳で、その容姿で。

こんな時に思い出す。自信満々に「鶴谷をニューヨークに呼び寄せたい」と言ったダン・カーターの声を。心臓がスッと冷たくなる。同じだ。自分はカーター氏と同じ轍《てつ》を踏んだのだ。

いいや、違う。自分はカーター氏とは違う。鶴谷という男を、肉体に支配されている男だと今この瞬間に理解した。兎河は虐めていたペニスからスッと手を離した。相手を知れば攻め方を変えられる。やり方はある。

「わかりました。あなたとの約束は、この時点をもって終了とします」

鶴谷はホッとした表情で胸に手をあて「はい」と頷いた。

「では今から上を脱いで裸になり、尻がよく見えるよう四つんばいになりなさい」

鶴谷は「え？　その…」とそわそわしはじめる。

「でも約束は……」

「終了ですよ。これはそれ以降の、私とあなたの個人的な関わりになります。私の言うことを聞けたら、尻穴に挿入してあげます。嫌なら従わなくてもいいです」

はだけた甚兵衛の前を摑んだまま、鶴谷は視線を彷徨《さまよ》わせている。日射しは焼けるほど強く暑い。しばらくそのまま立ち尽くしていたが、とうとう鶴谷は上着を脱いだ。明るい縁側で四つんばいになり、頭を低くして腰を突き出す形でこちらに尻を見せる。そしてねっとりと期待に満ち満ちた眼差しで「これでいいですか？」と聞いてきた。


会社を出て鶴谷は駅へと向かっていた。新しい会社は街外れにあるので電車の本数が少なく、乗り遅れると待ち時間が長い。時計を見ながら足早に歩いているとドラッグストアの前で不意に腕を摑まれた。振り返ると、薄茶色の髪に緑の瞳の男が視界に入り、驚いた。

「お、お久しぶりです」

腕に指が食い込むほどその力は強い。ダン・カーターは怒っている。彼が全身から醸し出す空気で感じる。

「いつ日本にいらしたんですか？」

ダンは歩き出す。腕を摑まれたまま離してくれないので、鶴谷もついていかざるをえない。

「あの、どこに行くんですか？」

自分が喋るばかりで、ダンは返事をしてくれない。駅の裏は数軒だがラブホテルがある。このまま強引に連れ込まれそうな気がする。それは避けたい。怒っている時のダンのセックスは荒っぽい。それはそれで感じるが、あとが辛い。

摑まれた腕を強く引くと、不意をついたのがよかったのか指が離れた。ダンが振り返り、もう一度腕を摑もうとする。気配を察して鶴谷は後ずさった。途端、男の顔が悲しげに歪んだ。

「お前を迎えに来た」

パートナーの件は断った。簡単に納得する男ではないとわかっていたが、しばらく音沙汰がなかったので諦めたのかと思っていた。鶴谷はぺこりと頭を下げた。

「申し訳ありません」

鶴谷は左手の薬指をそっとさすった。そこには指輪が嵌《はま》っている。妻と死別してから外し、先月からまたつけ始めた。

「私は結婚しました。ラビットフードも辞めて、今は心機一転新しい会社でのんびりとやっています」

自分を見るダンの顔がみるみる青ざめる。

「No!」

ダンが吠える。

「本当に申し訳ありません」

「お前なんかが結婚できるわけがない！」

ダンの言葉はもっともだ。自分は幸せな結婚ができるような男ではない。

「気持ちを寄せてくださって本当にありがとうございます。つまらない私のことなど早く忘れていただけると……」

「私はお前を愛している」

ダンが一歩前に進み、距離を詰めてきた。誓いを立てるように胸に手をあてる。

「最初は興味本位だったが、どんどんお前に惹《ひ》かれていき愛してしまった」

緑の瞳は真剣だ。つい笑い出しそうになり、慌てて鶴谷は下を向いた。人を玩具のように扱っておいて、今更「愛」という言葉を持ち出すのが理解できない。自分に執着しているのはわかるが、それを愛とはどうしても思えない。自分は年上で、年甲斐もなく淫乱でみっともない初老の男。生きていても仕方のない存在だ。そして自分のダンに対する認識も、気短かで、セックスは上手いが遅漏で、柔らかい巨根の持ち主というだけだ。

「あなたはとても素晴らしい人なので……」

ダンのエリック&ロナウド社での地位や功績は、知ってる。

「私にはもったいないです。それに正直な話をしますと、接待というビジネス以外でどうあなたに接すればいいのかよくわからないのです」

「お前にとって、私は最高の相手だ」

自信ありげなことを言っているが、緑の目は不安そうに揺れている。そのくせ、断っても押してくるのだろう。パターンがみえる。埒があかない。

「えっと、その……その失礼します」

一礼してその場を離れようとしたが、再び腕を摑まれた。さっきのようなやりとりを、ダンが諦めるまで延々と続けないといけないのだろうか。面倒くさい。それなら……。

「私には正式なパートナーがいますが、それでもよければもう一度だけあなたのお相手をします。ビジネスではなく、ボランティアとして。……それで納得してお帰りいただけますか？」


「何をしているんですか？」

左頰に冷却剤をあててソファで横になっていると、彼が帰ってきた。

「頰が痛くて」

彼が「見せてください」としゃがみ込む。冷却剤を外すと、彼は目をすがめて「手の形に赤くなっています。誰に叩かれたのですか？」と聞いてきた。

酔っぱらいに絡まれてと誤魔化《ごまか》そうとしたが、気が変わり正直に「会社の帰り、ダン・カーター氏に会いました。復縁を迫られましたが、お断りしたらこの有り様で」と答えた。彼の反応は「あぁ」と驚いた風ではなかった。

「カーター氏がエリック&ロナウドジャパンの社長に就任するという話はアダムス氏から聞いていました。あなたのことを調べているようだとも聞いていたので、いずれ会いに来るだろうとは思っていましたが、こんなに早く現れるとは予想外でした」

彼が頰に触れる。冷え切ったそこに、温かい指の感触が気持ちいい。

「私のことを愛していると言っていました」

喋っている間にベルトが外され、スラックスを下着ごと脱がされる。彼の指が尻の穴からペニスへとゆっくり往復する。緩い刺激に背筋がゾクゾクして、自分のソレに緩い角度がつく。

「カーター氏はあなたのここをこうやって愛撫したかったんでしょうね」

「それは……どうでしょうか」

九月頃会社を辞めることを条件に彼とのセックスが実現した。それで終わりのはずだったのに、なぜか鶴谷は都内にあるラビットフードの子会社に再就職し、自宅があるのに、社員寮と称したマンションに住まわされている。部屋の合い鍵を彼は持っているので、好きな時に訪ねて来る。先々月は指輪を渡された。彼は「あなたは既婚者の設定なので」と言うが、ペアの指輪の片方は彼が持っている。

ほぼ毎日家に来るし、頻繁に求められる。他で発散しなくても、自分の年甲斐もなく強い性欲は、全て彼が引き受けてくれる。

尻の穴に彼の指がつぷりと入る。浅い部分を引っ掻くように愛撫され、すごく気持ちがよくて、彼が指を動かしやすいよう、自分で右膝を持ち上げた。音がするようなキスを何度も繰り返す。

仕事があり、好みのペニスをしゃぶることができ、望めばすぐに挿入してもらえる。性欲が十二分に満たされる。自分が理想だと夢想していた世界がここにはある。理想のペニスを持つ年下の男がいつ自分の体に飽きるかわからないし、確実にその日は近づいているのだろうが、それまでは夢のような幸運を思う存分楽しませてもらう。

「あなたは本当にはしたない男ですね」

言葉で責められ、彼に弄られている中がジンジンと疼《うず》く。

「そんなに淫らに、誘うように足を開いて。昨日もそこにペニスを入れてあげたでしょう」

「ごっ、ごめんなさい」

「恥も外聞もない人ですね。本当は久しぶりにカーター氏のペニスが味わいたくなって求められて興奮したんじゃないですか?」

彼の指の動きが乱暴になる。少し怖いけれど、こういうのもいい。だから否定しない。そのことに苛立ったのか彼が気持ちよかった指を引き抜き、尻を平手打ちしてきた。痛いと言って泣いても止めてくれない。自業自得だ。

グズグズ泣いていると、彼は腫れて敏感になった尻にキスしてきた。そして、ペニスが大好きで節操のないあなたが悪いんだと何度も繰り返し言い聞かされる。

「この世に、私以上にあなたの理想のペニスをもつ男はいませんよ。あなたはその一番をいつでも好きなだけ味わえるのだから、飽きたからといって他のペニスを摘まみ食いなんて行儀の悪いことはしてはいけませんよ」

大きく頷く。

「あなたを知り尽くしているのも、愛せるのも私だけです」

本当にそうだ。彼はよく自分を苛め、人格を全否定するがそれすらも快感だと感じてしまうことがある。自分も知らない自分を、彼はよく理解している。

「私のことを愛していますか?」

年下の彼が耳許に囁く。この関係を維持するためなら、自分はなんだって言える。

「ええ、愛してます」
本当に愛している。彼の若い肉体を、自分をよがり狂わせる理想的なペニスを。彼が自分のスラックスをくつろげる。欲しいものが与えられる予感に、宝物が出てくるそこから視線を外さないまま、鶴谷はなんの感情も乗せずに「愛しています」と口先だけで繰り返した。

「鈍色の果実」書き下ろし

漆黒の華

通路は狭い上、左右の壁際に観葉植物の鉢が置かれていて鬱陶《うっとう》しい。敵をかわしてドリブルするようにひょいひょいと左右に揺れながら佐川良祐《さかわりょうすけ》が前進していると、廊下のつきあたりで十市《とうち》と遭遇した。

「あれっ、煙草《たばこ》ですか？」

十市は「そうそう」と唇の端を上げて苦笑いする。チラ見えする前歯は黄色い。

「この店禁煙だし。辛いわ」

会社でも十市は頻繁《ひんぱん》に喫煙室に出没するヘビースモーカー。佐川も吸うが、日に一、二本と嗜《たしな》む程度だ。

「ここ雰囲気はいいんですけどね」

新しくできたアジア料理の店で、店内は間接照明が多く落ち着いた雰囲気。オリエンタルな音楽がゆったりと流れ、お香の香りが漂う。いかにも女子が好きそうな店だ。合コンの幹事は「よくわかっている」が、佐川はアジア料理が得意じゃない。香草が苦手なのに、出てくる料理にはパクチーが満載でアウェー感がきつい。

「お前、今日どう？」

探る目で十市が聞いてくる。

「外れですね」

「だよなぁ。金もったいねぇ」

会社の後輩、岩田《いわた》が企画したアパレル系との合コン。年齢は二十二、三歳で、顔とスタイルはそこそこレベルの子が集まっているが壊滅的《かいめつてき》に話が合わない。それはもう面白いほどに。アパレルでもＯＬ綺麗《きれい》系ではなく派手な十代向けブランドなのか、年上の男にもタメ口で、大皿の料理を取り分けるという最低限の気遣いもできない。若いことだけが最大の売りで五年後にはバーゲンセールになっていそうな女の匂いがぷんぷんしている。

「岩田、趣味悪いですよね」

十市は「あいつ、ギャルが好きって言ってたもんな。期待した俺が馬鹿だったわ」と顎《あご》をさする。

「ってかお前、先々週の合コンの時の女と付き合うって言ってなかったっけ？」

「付き合ってますよ。スペックは申し分ないんですけど、エロさが足りないんですよね」

「あ〜それわかるわ。ってお前、ゼータクだなぁ」

二人で協議の結果、十市の気分が悪くなり、それを介抱して家に送り届ける佐川という図式で合コンの会場を合法的に逃げ出した。店の入っているビルを出て角を曲がった途端《とたん》、前屈みになっていた十市が「飲み直そうぜ」とぴしりと背を伸ばす。連れて行かれたのはカウンターだけの狭い居酒屋。店の中も薄汚く男しかいないが、漬物とだし巻き卵が胃に染みる。

「今日の女さぁ、みんなそろいもそろってデブだったよなあ」

右端の席、焼酎を舐めながら十市はキュウリの浅漬けをぽりぽりと囓《かじ》る。客観的に見て普通サイズだったと思うが、モデル並に細くないと認めない十市の要求レベルは高い。適当に「ですかね」と相槌《あいづち》を打っておく。

「そういえば篠原《しのはら》ハルが引退しましたね」

理想の完成形だと話していた人気のグラビアアイドルの話を振ると、十市は「最悪だよ」と露骨に顔を歪《ゆが》めた。

「しかもデキ婚、激萎《げきな》えだわ」

「売れ売れのこの時期ってことは失敗したんでしょうね。プロ意識に欠けるっていうか」

「最高の抜きネタだったのに、もうチンコ反応しねーし」

十市は悔しそうに歯がみしている。

「グラドルなんて枕営業とか当たり前にやってるんだろうし、もとからヨゴレは確定でしょ」

いいや、と十市は両手を握り締め、首を左右に振った。

「妊娠って他の男とヤってたって事実をガチで突きつけられるのがキッいのよ」

「けど処女って思ってたわけでもないですよね？」

「そうなんだけど、そうなんだけどさぁ、夢破れるっていうかさぁ」

十市は焼酎を一気飲みし、すぐさま次を注文する。佐川は椅子に深く寄りかかりフッと笑った。

「俺はビッチ大好物ですけどね。っていうかグラドルって楽な仕事だと思いません？　男と寝るだけで仕事をもらえて、写真集で金が入って、そう美人でもないのに周りからちやほやされるんだから」

アルコールが回った赤い目で、十市がテーブルに頬杖をつく。

「ビッチ大好きって言うけどさぁ、お前が目ぇつける女って綺麗だけど、真面目でお堅そうなのばっかじゃん」

「嫌だなぁ、遊びと本気は違いますよ。ヤるだけなら風俗一択ですね。後腐れないし」

十市に「お前ってつくづくゲスだわ」と呆《あき》れ顔でため息をつかれ「それって褒め言葉ですよね」

とニッコリ微笑み返す。

「お前みたいに見た目はインテリ眼鏡で、中身はチャラチャラのゲス男ってのが出世して、いい女からかっさらってく現実って理不尽だわ」

「俺なりに努力はしてますすよ」

十市は聞く耳を持たず「負け組はやってらんねえわ」とボリボリ頭を掻く。

「本社への引き抜きもさぁ大抜擢《だいばってき》だったじゃん。正直、俺は本社に行くなら天王寺《てんのうじ》だろうと思ってたからさ」

他の誰かにも言われた。口にしないだけで、全員がそう感じているに違いない。けれど誰に何をどう思われようと、数年に一人というエリック&ロナウド本社行きの切符を手にしたのは自分だ。

「俺も驚いたんですよ。営業成績や英会話のスキルは天王寺のほうが上でしょ。人柄も問題ないし。ということは、成績や人柄とは別の部分で奴に不都合があったんじゃないですか。例えば引き抜きの打診はあったけど、家庭の事情で将来的に海外勤務はNGで断ったとか」

適当な言い訳だったが「そうかもなあ」と十市は納得したように頷《うなず》き、隣に座る佐川に軽く肩をぶつけてきた。

「本社の給料って日本支社の三倍ってマジ？」

その必要もないのに、声を潜《ひそ》めて聞いてくる。

「マジですね」

つられて小声で話す。十市は「くーっ」と顔をしかめて唸《うな》り「ちきしょう、ココはお前がおごれ」と命令してきた。

「しょうがないですねぇ」

十市がハイペースで次の芋焼酎を頼む。希望の銘柄《めいがら》は切れていたようで、店の主人にお勧めを聞いているうちに話が弾み、二人は焼酎談義を始めてしまった。佐川はスマートフォンを取り出し、SNSのトーク画面を開く。先々週の合コンで捕まえた色気のない美人、玲奈《れな》から『仕事、終わった』『電車混んでる』というメッセージが入っている。『お疲れ』『俺は先輩と居酒屋』『愚痴《ぐち》聞かされてる』と返す。すると『ファイト』のメッセージと共に可愛い柄のスタンプが送られてきた。会ったのは合コンも含めて三回。前回は帰り際にキスした。次に会う時に誘ったら、多分ヤれる。本命の女だから、自分にしては時間をかけて関係を進めている。

「お前、何やってんの?」

十市が横からスマートフォンを覗《のぞ》き込んでくる。慌てて玲奈とのトーク画面を閉じた。覗き見防止フィルムを貼ってあるので、中は読まれていないはずだ。

「彼女からメッセージが来てたんで」

十市は佐川の肩を乱暴に叩き、テーブルに突っ伏す。酔いつぶれたかと思っていたら、ガバリと顔を上げ「……俺も彼女欲しい」とボソッと呟《つぶや》いた。

「十市さんの場合、条件をもう少し緩和したほうがいいんじゃないですか?」

「身長百五十五センチ以下の四十五キロ以下は譲《ゆず》れん」

そのスペックで若くて可愛いい子が、ノリはよくても冴えない十市になびくとは思えない。ある程度のところで手を打っておけばいいのに、妥協できないんだから自業自得だ。十市は虚《うつ》ろな目でハアアッと鬱陶しいため息をついた。

「お前さぁ、結婚とか真面目に考えてんの？」

「急になんですか？」

「付き合う女と遊びの女を分けてるってことは、そういうことじゃねぇの？」

「今はまだ様子見って感じですかね」

玲奈は堅実な商社で社長秘書として働いていて気配りは完璧。清潔感があって美人で頭もいい。しかも父親は中小企業の社長だ。何かあってもコネで楽に転職できる。惜しむべくは、もう少し名の知れた会社だったらという点だ。それにしても優良物件には違いない。自分は今、二十七歳だ。三十二、三歳くらいまではイケると思うので、その間はこの女をキープしつつ、よりよい物件を探していくつもりだ。

そもそも美人で名家や社長のお嬢様なんて最高物件は、見合いや紹介でレベルの高い男にかっさらわれて、合コンの会場にはやってこないのかもしれないが。

今度はメールが届く。もしやと思ったらやっぱりあの男からで「come right now」の文字にテンションが下がる。今日は「その日」じゃないが、昨日の予定が奴の出張でキャンセルになっていたので、そのかわりなんだろう。仕事で予定が飛んでも、奴は確実に回収してくる。気分が乗らないからといって先送りにしても、いつかは消化しないといけない。「roger that」と返し、スマートフォンを鞄《かばん》にしまった。

「すみません、彼女に呼ばれたんで帰ります。支払いはこれで」

テーブルに置いた一万円札の威光《いこう》で、十市は機嫌よく「さっさと行け、ゲス野郎」と中指を立てて送り出してくれた。

店の外へ出ると、遠くの外灯がじんわりと滲《にじ》んで見えた。小雨で眼鏡が曇る。傘をさすまでもなさそうだが鬱陶しい。今年の梅雨《つゆ》は雨が多く、空はつねにどんよりして晴れ間がない。日本の梅雨に馴染《なじ》みのないアメリカ人の上司、ベティは『毎日毎日雨ばかり。頭の中までカビが生えそうよ』と怒っていた。

歩道の端に立ち、タクシーを拾う。去年までなら移動の第一選択は電車だったので、気軽にタクシーを使えるだけ確実に生活レベルは上がっている。今はまだ1LDKの狭い部屋だが、秋頃に新築マンションへ引っ越す予定だ。家賃は三倍になるが、給料は上がっているので妥当なところだろう。

佐川は大学を卒業後、外資系の食品会社、エリック&ロナウドの日本支社に就職した。外資系ではあるが、日本で採用した職員はみな現地枠の職員ということで給料は日本基準が採用され、本社の職員よりも低い。昇級も部長までと上限がある。ただし能力が高ければ、引き抜かれてエリック&ロナウドの本社所属になり、本社職員と同様の給料と待遇が受けられる。日本支社から本社所属になる優秀な人材は数年に一人出るかどうかのレベルで、前回引き抜かれた日本支社の社員はすぐさまニューヨークの本社に異動になったと聞いている。

会社の構成は本社が指令部とすれば、日本支社は実動部隊という感じだろうか。十八階建ての同じビル内にあっても支社は一階から十五階まで、本社は十六階以上と分かれている。本社の人間は日本支社社長を含め十五人全員が外国籍だ。

佐川は二十六歳で本社に引き抜かれるという異例の大出世を果たし、周囲に驚かれた。本社所属になったことで部署も営業から本社の管理部へ異動し、給料も三倍になった。十市は営業部時代の先輩で、部署が変わった今もたまに飲みに行く。仕事の能力は低く雑な性格だが、ゴシップ好きなので社内の人間関係の情報収集に役立つ。

タクシーの中でウトウトしている間に六本木《ろっぽんぎ》の外国人向けマンションに着いた。暗証番号でフロントドアのロックを解除し中に入ると、吹き抜けの広々としたエントランスが目に飛び込んできた。エレベーターの手前のスペースには、昼間であれば初老のコンシェルジュが待機している。最初は外国人コンシェルジュの存在に気後れしていたが、一年も通ううちに慣れた。エレベーターで外国人に話しかけられることも、ホテルのように共用の廊下に絨毯《じゅうたん》が敷かれているのも。

二十二階で降り、廊下の突き当たりにある角部屋の前に行く。インターフォンを押してしばらく待っていると、カチリと鍵が外れドアが外側に大きく開いた。薄茶色の髪に緑の瞳。彫りの深い端整な顔は、眼窩《がんか》が少し落ちくぼんで見える。帰ってきたらすぐに着替える男が、まだシャツとネクタイ姿だ。

「入れ」

疲れているなら人を呼びつけなきゃいいのにと思いつつ、室内に足を踏み入れた。玄関スペースで靴を脱ぐ。外国人向けなので本来は土足仕様だが「家の中では靴を脱ぎたい」と愚痴を零《こぼ》したら、翌週には玄関に靴を脱ぐスペースができていた。

広い廊下を抜けると、二十畳はあるリビングに出る。週に二回ハウスクリーニングを依頼しているので、いつ来ても塵《ちり》一つなく綺麗に片付いている。夜景が見渡せる広い窓の手前には、焦《こ》げ茶色の革張りのソファが置かれ、その生活感のなさは、モデルルームか高級ホテルにいるような錯覚をおこさせる。

「シャワーを浴びたいんだけど、あんたが先に行く?」

「あとで」

男がどかりとソファに腰掛け足を組む。休憩してからのご気分のようだ。それにしても嫌味なほど股下が長い。背は百八十七センチと佐川よりも数センチ高いだけだが、並んで立つと腰の位置がはるか上にある。骨格から違う、人種が違うと実感させられる。

バスルームは外国仕様でトイレとバスは同じスペースにあり、パウダールームを兼ねているので、二、三人は寝られそうなほど広々としている。

戸棚の中に常備してあるものを使い、尻の中を綺麗にしてから眼鏡を外した。ブースに入りシャワーを浴びる。尻の中も念入りに流していると、バタンと扉が開いて男が姿を現した。服を脱ぎ始める。嫌な予感がするなと思っていたらシャワーブースに入ってきた。

背後から質感のある体に抱き締められ、顎を引き上げられる。重なった唇から舌が入り込み、ねっとりと絡む。微《かす》かにミントの香りがする。こいつとのキスはいつも同じ匂いがする。……最初のうちは。

白い指が佐川の両方の乳首を摘《つま》み、親指と人差し指で潰すようにこね回し、爪で引っ掻く。そして乳頭が腫《は》れ上がり大きくなってきたところでキュッと強く引っ張ってきた。じんわり痛い。

「嫌だって」

身悶《みもだ》えると「痛いのは好きだろう」と囁かれた。

「そこ、前より大きくなったんだよね」

男に摘まれた乳頭は原色のグミのように赤くなっている。

「あんたがしつこく弄《いじ》ったり吸ったりするせいでさ」

「俺に吸われたいのか？」

「誰もそんなこと言ってないだろ！」

体をひっくり返され、胸に吸いつかれる。自分が日本語は完璧ではないということを利用して、こちらの言葉を、自分に都合がいいように間違って解釈した振りをする。小賢《こざか》しい。

ピリピリするほどきつく吸われ、舌先で嬲《なぶ》るように舐められる。気持ちよくて背中がゾワゾワする。それは全身を巡り、膝から力が抜けて、胸を吸われながらシャワーブースの壁を背にずるずると座り込んだ。

乳首が真っ赤になるほど嬲り倒してから、男はもう一度キスしてきた。ぐちゃぐちゃと卑猥《ひわい》な音を立てて口腔《こうこう》を舐め、尻を撫で回す。そしてつぷりと指を押し込んできた。

「おっ、おい」

「もう綺麗にしてあるんだろう」

低音の、イントネーションに微かに違和感の残る日本語が腰に響く。

「そうだけど、なんにも言わないでいきなりやるから……」

二本の指にゆっくりと中を掻き回され、陰嚢《いんのう》がクッと上がる。自分の意志と関係なく動くものが気持ち悪いような、気持ちいいような……物足りないような……男が耳許に唇を寄せた。

「お前の淫らなアナルに俺の肉棒をぶち込みたい」

わざと品のない言葉を選んでいる。睨《にら》み上げると緑の瞳が笑っていた。

「変な方向に日本語のスキルを磨《みが》くなよ」

中の指がゆっくりと左右に開かれる。穴が広げられ、外界と通じる気配が少し怖い。

「お前の中に入りたくて、俺の肉棒がウズウズしている」

喋《しゃべ》りながら、勃起しているそれを股の間に擦りつけてくる。金曜を除く平日のセックスはペニスの挿入はしないと取り決めてあるのに、反則でおねだりしてくる。

「明日も仕事があるから嫌だ」

「先だけ入れて、お前の中に射精したい」

耳の付け根を舐め、耳朶《みみたぶ》を甘噛みしてくる。弱い部分を責められて「あっ、あっ」と自然に声が漏れる。

「後でちゃんと洗い出してやる」

「けど……」

「baby 先だけだ」

今日はしつこい。このパターンだと多分、引かないだろう。こうなったら明日の負担をできる限り減らすべく、佐川は「絶対に先だけだからな」と約束させた。

「あとあんたがいく前に、俺をいかせて」

男は目を細め「ok」と囁き、中の指を激しく動かし始めた。

「あっ、あっ、やあああっ」

無茶苦茶《むちゃくちゃ》に動く指は怖いのに、気持ちいいところを中からガンガン押されて、勃起していたペニスが更に張りつめる。

「はあっ、あんっ……いっ、いく、いく……」

喘いでいるとキスされた。舌を乱暴に吸われ、そのキスがスイッチになって快感が脳天まで上りつめ、頭の中が真っ白になる。ドクッ、ドクッと快感がほとばしり、シャワーブースの壁に白く飛び散る。

ブースの床で四つんばいにさせられ、股の間に赤黒く怒張した男のペニスが擦りつけられる。それが膨《ふく》らみ切ったところで、双丘を摑んで広げられた。指で弄られ痺れている窄《すぼ》まりに、熱く腫れた先端が触れる。じわりと押し入ってくる。約束どおり亀頭だけ、奥まで入ってくる気配はないし、動くこともない。

自分で「先だけ」と言っておきながら、尾骨がムズムズしてくる。もっと奥を擦られたい。けどそれをしたら仕事に支障が出る。自分で腰を動かしたいのを我慢していると、尻をひときわ強く摑まれた。痺れた中に熱いもののほとばしりを感じる。

ズチュッと先が抜ける。まだ閉じ切っていないそこから、生温かいものが漏れ出して太腿を伝っていく。

「ふしだらなアナルから、俺の精液をお漏らしししているぞ」

「……だって、だって、すぐには閉じないから……」

「恥ずかしいアナルだ」

指を突っ込まれ、引っ搔くようにして搔き出された。ゾワワッと怖気《おぞけ》のような快感に全身がブルブル震える。

「やっ、やだあっ」

「腰をちゃんと上げていろ」

中出しした精液が指に絡んで滑り落ちてくるのを楽しそうに眺めながら、男は猛獣のように舌なめずりしていた。

中に注ぎ込んだものを全て掻き出し、シャワーで諸々を洗い流すと、男はしゃがみ込んだ佐川を抱き上げてバスルームを出た。トライアスロンが趣味だという男は、細身に見えて驚くほど力がある。四十近いはずなのに体力も旺盛で、いつも年下の佐川が先にギブアップする。

佐川をベッドに横たえ、男も隣に入ってくる。普段なら二回、三回と続けて手を出してくるのに、やはり今日はお疲れだったのか、キスを繰り返すだけで先に進む気配はない。そのうち耳許でスウスウと寝息が聞こえてきた。鼻先で揺れる薄茶色の髪は、ゴールデンレトリバーを連想させる。この男はレトリバーのように愛想よくも、可愛くもないが。

セックスは気持ちがいい。それに相手が男だと、何も考えなくていいから楽だ。妊娠して引退したグラビアアイドルを思い出す。裸で寝転がっているだけで性欲が満たされ、金までもらえて、女ってほんと楽でいい。人生は気持ちよくて楽なほうがいい……佐川は薄暗い間接照明でもわかる男の高い鼻を戯《たわむ》れにそっと摘んでみた。


まだ薄暗い時間に目が覚めた。隣に男はいない。もう一眠りしようと枕を抱え顔を押しつける。ドアの開く音がして、男……ダン・カーターが戻ってきた。全裸でベッドの端に座り、ペットボトルの水を飲む。その姿を見ているうちに自分も喉が渇いているような気がしてくる。

視線に気づいたのか、ダンが無言でペットボトルを差し出してきた。冷えた水は喉に、体に心地よく染み込んでいく。

返したペットボトルをベッドサイドのテーブルに置き、ダンはシーツに潜《もぐ》り込んできた。佐川を背後から抱き枕のように抱え「one more hour」と呟く。

エリック&ロナウド、日本支社の社長であるダン・カーターと寝るようになってそろそろ一年。男とのセックスは未知の世界だったが、予想に反して気持ちよかった。自分から何かしなくても、相手が勝手に動くから楽でいい。みっともない姿、恥ずかしい体勢を要求されても、誰かに見られるわけでも、データで残されるわけでもないから気にならない。

……二年前、佐川は大学時代の先輩から声をかけられ、外資系企業に勤める女と三対三で合コンをした。二十五歳の佐川は参加者の中では最年少で、女は全員佐川よりも年上だった。三十間近かよと最初テンションは低かったが、一つ年上の原西《はらにし》という女は清潔感のある美人でちょっといいなと思った。向こうも自分を気に入ってくれたようで、話も弾んでいたのに佐川の「俺は支社の営業で……」の一言をきっかけに態度が豹変《ひょうへん》した。

「エリック&ロナウドの日本支社勤務なの？」

原西が確認するように聞いてくる。

「あ、はい。俺は現地採用組なんです」

隣の女と視線を合わせ、原西は肩を竦《すく》めた。それ以降は隣にいる自分の先輩と話をするようになってしまい、佐川はぽつんと取り残された形になった。その時はどうして急にそっけない態度を取られるようになったのかわからなかった。

合コンは全体的に盛り上がらないまま終了。女サイドの「明日、早いからごめんなさい」の一言で二次会もなし。先輩ともその場で別れ、佐川は一人、地下鉄の駅に向かった。電車を待つ間、ホームの壁にもたれるようにしてスマートフォンのゲームをしていると「さっきの合コン、全然ダメだったよねぇ」と覚えのある声が聞こえてきてギョッとした。

五メートルほど先、電車の停車位置あたりに、原西と合コンに参加していたもう一人の女が自分に背を向けるようにして立っていた。

「自分たちと同じ外資系だっていうから期待したのに、微妙だったよね。それ百円で買ってきたのかって突っ込み入れたくなるような財布使ってた人もいたし」

「あぁ、いたね」

それは自分を合コンに誘ってくれた先輩だ。佐川も彼の安っぽい財布のことは気になっていたが、本人が気に入っているようだったので言えなかった。

「眼鏡の可愛い子もいたけど年下だったし、そもそもエリック&ロナウドの日本支社は独立してるから、外資じゃないっての」

自分のことだ。原西の言葉に隣の女がハハッと笑う。

「あれはトラップだよ。バレないと思ったのかな？　エリック&ロナウドの日本支社なら、銀行員のほうがお給料いいし」

「エリック&ロナウドの本社社員が正社員だとしたら、支社の社員はバイトみたいなものだしね」

佐川はスマートフォンを持つ手が震えた。指が動かないので、ゲームが勝手に終了する。

「いくら可愛くて性格よさそうでも、自分より給料低い男は無理。付き合いはじめてから、収入格差でゴタゴタするの嫌だし」

原西はそう言い切った。電車が来て二人は乗り込み、佐川は俯《うつむ》いたままで電車が通り過ぎるのを待った。恥ずかしくて、悔しくて、涙が出そうになる。込み上げてくるものを我慢できず「誰がバイトだよ！」と手にしていたスマートフォンをホームに叩きつけた。傍《そば》にいたブレザーの女子高生が慌てて離れていく。けれどそんなことしなきゃよかった。スマートフォンが壊れて買い換える羽目になり、余計に腹が立ったからだ。外資の給料がいいのは知っているし、自分も何社か就職試験を受けたものの全滅した。ようやく受かったのが、女が「トラップ」と話していたエリック&ロナウドの日本支社。ここだってそんなに悪くない会社なのに、高収入の奴らからしたら「バイト」という認識になるのだ。

その合コン以降「外資の女」がトラウマになった。それは自分がエリック&ロナウドの『日本支社の社員』である限り、克服《こくふく》しようがなかった。現状から抜け出すには、エリック&ロナウドの本社に引き抜いてもらうしかないが、それは数年に一度、超優秀な部長クラスの社員に限ってのことで、二十代平社員の自分には一ミリも望みはなかった。

合コンから半年ほど経った頃、エリック&ロナウドの本社が日本支社の二十代の若手社員を一人、本社に引き抜くようだという噂が流れた。それを聞いて最初に佐川の頭に浮かんだのは営業の同期、天王寺醸《じょう》の顔だった。天王寺は営業成績がトップ、対人スキルも高く、おまけに英語はネイティヴ並。自社を卑下《ひげ》するわけではないけれど、天王寺ならもっとレベルの高い会社に行けただろうし、こいつさえいなけりゃ自分が営業トップだったのにと内心思っていた。

「天王寺が本社に引き抜かれるって噂があるじゃん。あれって本社のベティって社員が天王寺をすんげえ気に入って、そういうのが人事に影響してるんじゃないかって言われてたわ」

喫煙室に十市と二人でいた時、たまたま引き抜きの話になった。本社の人間に取り入り、その口添えで本社に引き抜いてもらうという発想がなかったので「その手があったか！」と佐川は目から鱗《うろこ》が落ちた。

「まぁ、ベティが一方的にアプローチしてるだけで、天王寺はどうこうなる気はなさそうだけどな」

十市は半笑いで煙を吐き出した。ベティ・ドーンはニューヨークの本社から派遣された管理部の責任者で、独身の三十歳。メキシコ系アメリカ人で肌は浅黒く、額が突き出て唇が厚い個性的な顔をしている。何度か仕事で顔を合わせたが、正直苦手な部類の女だ。佐川の英会話能力が海外旅行には十分でもビジネスには不十分で、ディスカッションの際に何度も問い返され、これ見よがしにため息をつかれたことがあるからだ。それでも……。

「本社に引き抜いてもらえるなら、俺はどんな女とでもセックスしますけどね」

これは嘘偽りのない本音だ。

「俺も俺も。給料三倍って噂だし。けど本社社員ってベティと社長秘書以外は全員男なんだよなぁ」

グダグダ話しているうちに、十市が「思い出したわ」と短くなっていた煙草を灰皿に押しつけた。

「支社の社長、今はダン・カーターって男だろ」

日本支社の社長はニューヨークの本社から派遣され、二年～三年のサイクルで交代する。日本支社のトップを務めるのは出世のお決まりルートになっていると聞いた。佐川が就職した年は男性で、翌年女性に替わり、去年からダン・カーターが就任している。

「あの人って海外事業部のアジア地区の責任者で、出世コースとはいえ日本支社みたいな小さいトコの社長をやるような人じゃないんだってさ。それなのに好きな男を追っかけてわざわざ日本にやってきたらしいぜ」

「俺もその話は聞いたことありますけど、冗談ですよね」

就任式で初めて見たカーター氏は、背が高くて姿勢がよく、俳優でもやれそうなほど整った顔をしていた。前の支社長は明るい雰囲気の田舎くさい黒人のおばさんで親しみがあったが、カーター氏は威圧感がある。無表情でクールに見える男が、たかが恋愛ごときで職権を乱用して日本に来るというのがどうにも信じられなかった。

「ゲイなのはガチらしいぞ。で、追っかけてきた男は六十過ぎのオッサンで、最終的に振られたって話だから、最高に笑えるわ」

佐川は「ゲッ」を舌を突き出した。

「マジ、気持ち悪いんですけど」

「ハーバード出身でフランス語と中国語、日本語がネイティヴレベルとかスペック激高の割に残念な人ってことで」

その時はハハッと笑って終了したが、夜中にふと思い出した。本社所属になりたければ、営業成績を上げて出世し、本社の人間に目をつけてもらうしかないと思っていたが、ゲイの社長なら、ひょっとしたら色事に持ち込めるかもしれない。しかも東洋人で六十過ぎの爺さんに夢中だったという話が本当なら、二十代の自分は全然いけるはずだ。

地下鉄のホーム、屈辱的な場面を思い出す。自分を馬鹿にした外資の女たちを見返してやりたい。本社社員の肩書きと高い給料、これから十年単位で努力しても手に入るかどうかわからないものが、男相手の数回のセックスで自分のものになるなら、我慢する価値はある。

佐川は鏡を取り出し、自分の顔を映した。芸能人並みとはいかないけれど頭も小さいほうだし、目鼻は大き過ぎず小さ過ぎず、バランスもそこそこ。営業先では年配の女性に「あんた、かっこいいねえ」とか「ハンサムだわあ」とよく声をかけられる。ダン・カーターが超絶美形好きなら可能性はないが、ジジイのケツを追いかけて振られるような男なら、自分の顔面レベルでも十分に可能性はある。

「……賭けてみるか」

1LDKの狭いアパート、天井を見上げて呟く。まずはどうやって接近し、話を切り出すかだ。

さっそく、翌日から情報収集のために部署の仲間や上司にさりげなくダン・カーターの話を振ってみたが、社長と接触のある人間は限られていてほとんど収穫がない。営業課長の「トライアスロンが趣味で、毎朝ランニングをしてるって聞いたな」というのが唯一の有力情報だった。

住んでいるのが六本木にある外国人向けの高級マンションなのは知っていたので、買ったばかりのシューズとランニングウエア姿で始発電車に乗り、マンションの付近をウロウロしてみたが初日は遭遇《そうぐう》しなかった。二日目も不発。営業課長に偽情報を摑まされたんじゃないかと疑いつつ、これで最後と決めてもう一日足を運ぶも収穫はなかった。

わざわざ偽ランナーを装っている自分が馬鹿馬鹿しくて猛烈に腹が立つ。もう帰ろうと地下鉄の駅へ向かっている途中で、ぽつ、ぽつと雨が降り出した。あっという間にザアアッとバケツをひっくり返したような土砂降りになり、慌てて近くにあったクローズしているカフェの軒下に飛び込んだ。

濡れた眼鏡を外し、水滴を拭ってかけ直す。駅まではもう少し距離がある。コンビニで傘を買おうにも、そこに行くまでにずぶ濡れになりそうだ。一度家に帰って着替えないといけないので早く電車に乗りたい。びしょ濡れで電車に乗るか、タクシーを拾って無駄金を使うか……決め切れないまま鬱々《うつうつ》としていると、隣にランニングウエアの男が飛び込んできた。背が高く、パーカーのフードを頭から被《かぶ》っている。男が頭を左右に振り、飛んできた水滴が佐川の頬でピチッと弾けた。

上手《うま》くいかないことが諸々重なり気分が腐っていて、いつもはやり過ごせる他人からの些細な迷惑に猛烈に苛立《いらだ》ち、これ見よがしにチッと舌打ちした。男がフードを下ろし、振り返る。白すぎる顔にギョッとした。外国人だ。それに緑の瞳で……。

「水がかかりましたか？　申し訳ありません」

流暢《りゅうちょう》な日本語。髪が濡れて額に垂れ、雰囲気が少し違って見えるが間違いなくダン・カーターだ。男は謝るように浅く頭を下げ、チラリと腕時計を見た。これはチャンスだ。この機会を逃してはいけない。

「雨、すごいですね」

緊張する自分を隠し、さりげなさを装って声をかけた。

「そうですね。降る前に帰りたかったのですが、間に合いませんでした」

時計を気にしながら、男は濡れた髪を掻き上げる。

「あなたはダン・カーター氏ですよね？」

男が振り返り、じっ……と佐川の顔を、データ分析でもするように観察する。

「どこかでお会いしたことがありますか？」

平社員の顔を男が記憶していなくても無理はない。

「ええ、少し前に」

微笑んでみせる。男は「名前を思い出せません。申し訳ありません」と謝ってきた。

「気にしないでください」

会社の人間だと気づかれていないなら好都合。失敗してもノーリスク。そして今は周囲に人もいなくて二人きりだ。大胆なことも言える。

「今、彼氏はいますか？」

男の顔から初対面のよそよそしさが消える。決まりが悪くなるほど佐川の顔を見つめるその目には、これまで同性から向けられたことがない、なんとも言えない生々しさが滲み出している。

「いいえ」

フリーらしい。彼氏がいても割り込む気満々だったが、いないならいないで余計な面倒がなくていい。

「あなたにとって、俺は魅力的ですか？」

男の視線が頭の天辺《てっぺん》から足の先まで、ねっとりと全身に絡む。自分が値踏みされているのがわかる。

「今の時点では、イエスでもノーでもない」

自分は六十オーバーの爺さんに負けるのかとショックだった。こいつ老け専かと思いつつ、ノーじゃなかったんだからと気を取り直す。

「彼氏がいないと夜が寂しくないですか？　俺でよかったらお相手しますよ。……ただではないですけど」

こちらの目的が正確に伝わったようで、男は「一晩いくらだ？」と腕組みをした。その目にはさっきまではなかった侮蔑《ぶべつ》の色が混ざっているように感じるが、もうあとには引けない。

「金はいりません。そのかわり、俺がこの条件を出したことで、結果がどうであれ不利益を与えないという保証が欲しいです」

「回りくどい上に面倒くさいな」

男が自分に興味を失ったように見えた。『まずい』と感じ、佐川は咄嗟《とっさ》に男の右手首を摑んだ。雨に濡れているのに熱い。男は繋がれた手と佐川の顔を交互に見て「何が望みだ」と低い声で促した。

「エリック&ロナウド本社への引き抜き」

男の眉間にクッと皺《しわ》が寄り「支社の社員か」と訝《いぶか》しげに聞いてきた。リスクは取りたくないが、ここまできたらバラさないわけにはいかない。

「そうです」

男が右手を引き、摑んでいた指が離れた。そっけなさに、理由もわからず『失敗した』と確信した。男はもう一度時計を見る。

「時間オーバーだ。その件については追って連絡する」

男はフードを被り直すと、土砂降りの中へ飛び出して行った。遠くなる後ろ姿を見つめながら、心臓が少しずつ、そのうち壊れそうなほどドクドクしてきた。体と引き替えに社長に駆け引きを持ちかけるなんて、自分はとんでもない馬鹿野郎なんじゃないだろうか。身のほどをわきまえない愚か者として、制裁を受けるかもしれない。例えば突然の解雇とか。最悪だ。

今のままでも給料はそこそこよかったのに、数分のやり取りで全てを失うことになるかもしれない。解雇後の再就職になったら、今よりもいい会社に入れる可能性は低くなる。ザアザアと降りしきる雨の音を聞きながら、この数分間の行動が引き起こす最悪の可能性に今更ながらビビって、佐川は目の前が真っ暗になった。

びしょ濡れで家に帰り、絶望的な気分で出社した。どのタイミングで上司に呼ばれ解雇を言い渡されるんだろうとビクビクしていたが、朝礼、メールチェック、明日の会議の資料作成、午後からの営業の準備と普段通りに一日は過ぎていく。そして昼休みになる頃には『あの外国人社長は全てを水に流してくれるんじゃないか』とポジティブ思考が戻ってきた。社長室とは階も違うし、これまでのパターンからして二年もしないうちにあの男はアメリカに帰るのだろう。そうすれば名前も知らない支社の社員の戯《ざ》れ言など忘れてしまうに違いない。

メンタルが回復した午後、社内アドレスのメールボックスを開くと、新しいメールが届いていた。差出人はダン・カーター。全身が凍りついた。いつの間に自分の名前を調べ上げたのだろう。メールを見なかったことにしてパソコンの電源を切り、会社を出る。外回りをしている間も、メールのことが気になって気になって仕方なかった。

結局、予定を早めに切り上げて三時過ぎに会社へ戻り、解雇、罵詈雑言《ばりぞうごん》……覚悟してメールを開いた。そこには今日の日付と時間、店名、そしてダン・カーターの名前で予約をしてあるとだけ書かれてあった。

個人的に呼び出された。怖い、滅茶苦茶《めちゃくちゃ》怖い。行きたくない。メールを返信画面にして、体調が悪いとか、今晩は用があるとか色々と理由を書いては消してを繰り返すうちに、その場しのぎの言い訳をしても、またメールが来たら自分は同じようにグルグルするんだろうなとうっすら先が見えた。

一社員が体を使ってゲイの社長をたらし込もうなんて、最初から無理な話だったのだ。それでも爺さんの尻を追っかける残念な男という話を聞いて自分の中でハードルが下がっていた。男に会って、今朝の話は冗談だったと言おう。それが一番いい。けれどわざわざ店を予約して話をしようとしている男に、冗談なんて話をして怒られないだろうか。そもそもあの男は二人きりで、自分に何を話すつもりなんだろう。

結局、メールに返事はできなかった。ギリギリまでどうするか迷っていたからだ。そして断りのメールを入れるには遅すぎる時間になってからようやく覚悟を決め、重い足を引きずり指定された場所に電車で向かった。

西麻布《にしあざぶ》にある「行李《こうり》」という創作料理のその店は、会員制で全席個室になっていた。店の床は寄せ木細工になっていて、藁《わら》のようなものが混ぜ込まれた黄土色の土壁には独特の和の雰囲気がある。古そうなのにモダン、静謐《せいひつ》な高級感がある。等間隔にある引き戸の向こうは個室だろうが、話し声は聞こえてこない。人に聞かれたくない話をするには絶好の場所だ。

案内された部屋は四畳半ほどの広さで、テーブル席だった。ダン・カーターは向かって右側の椅子に腰掛けている。こういう場合、下っ端の自分が先に来て待っているのが礼儀だったんじゃないかと気づいたが、それも今更だった。

ランニングウエア姿の時には感じなかったが、ネイビーのスーツを着て髪を整えた男には最初に見た時と同じ、人を萎縮させる迫力があった。オーラみたいなのが凄くてまともに目を合わせられない。

「おま……たせしました」

男は「私も今来たところだ」とメニューをテーブルに置く。

「佐川良祐」

フルネームで呼ばれ、驚いてゴクリと唾を飲み込む。

「苦手なものはあるか？」

「あ、いえ……特には」

「コースを頼むが、それでもいいか？」

「あ、はい」

「飲み物は料理に合うものをセレクトしてもらうつもりだ。別のものがよければ、変更もできるが」

「あ、いいえ。それでけっこうです」

注文を受けた店員が部屋を出て行き、引き戸を閉めると二人きりになる。男の存在感が室内を埋め尽くして息苦しく、脇汗がじわりと滲む。

「そろそろ座ってはどうだ？」

タイミングを逸《いっ》して、ぼーっと突っ立ったままだった。佐川は「すみません」と謝りながらギクシャクと向かい側に腰掛ける。そんな自分の一挙一動《いっきょいちどう》を男は冷め切った目で見ている……ような気がした。合コンの途中から態度が豹変した、トラウマになった外資系の女の顔を今頃になって思い出す。

スマートフォンの着信音が響く。男のものだ。「失礼」とこちらに断り、電話に出る。男の口から流暢に滑り出る言葉は多分、フランス語だ。初老の男の尻を追いかけて日本に来たことを小馬鹿にしていたが、それも本人が傍にいないから言えるのであって、本当は同じテーブルにつくのも恐れ多いような、レベルが高い人間なんだと改めて認識させられる。

男が電話を終えるのを待っていたように食前酒が運ばれてきた。乾杯のアクションはなく、男は無言で口をつける。自分は緊張してグラスを持つ手が震えているが、男の態度は目の前に何も存在していないかのように自然だった。

「今朝の話の続きだが」

佐川は慌ててグラスを置き、両手を握り締めた。

「そちらの条件は本社への引き抜きということで変わりはないか」

「まぁ、はい」

「では、君が本社への引き抜きに値《あたい》すると思う自分の価値はどれぐらいだ」

何を言われているのか意味がわからない。

「価値って……具体的にどういうことですか」

「言葉通り価値だ。それは金額でも、セックスの回数でも構わない」

パッと頭に浮かんだのは二万円だった。風俗に行けば一回でそれぐらいの料金だが、自分の価値が二万円なんていくらなんでも安すぎる。それを口にしたところで「たったそれだけか」と嘲笑《ちょう》《しょう》されそうだ。かといっていくらぐらいの設定が適切なのか見当もつかない。

「あなたの希望はありますか?」

男はひょいと肩を竦めた。

「希望も何も、私は君を知らない。美味《うま》いか不味《まず》いかわからないものに、価値はつけられない。だから君の自己評価を聞いている」

自分の価値と考えるからわからなくなる。もし金でこの男に動いてもらうとしたら、いくら払うのが妥当かで考えたほうがシンプルだ。三十万……五十万……迷っているうちに、男のしている腕時計が目に入った。シンプルだがブランドのロゴが入っている。高級品を普段使いできる男にとって、数十万は大した額ではないかもしれない。金が必要ないとしたら、この男が本当に満足するのは体、セックスなんじゃないだろうか。

前菜が運ばれてくる。男はこちらの返事がないことを気にする風もなく食べ始めた。答えも出せないし、間ももたないので佐川も料理に箸《はし》をつける。緊張して最初は味がわからなかったが、酒が入ると気分も少し和《やわ》らいだのか、薄味だが出汁《だし》が利いていてとても美味しいと気づいた。

学生時代、二週間ほどアメリカにホームステイした。その際、ステイ先で出てくる料理が壊滅的に不味く、アメリカ人の舌は大雑把《おおざっぱ》だと脳内にすり込まれていたが、食品会社の重役レベルになると、流石《さすが》に繊細な味覚をしているようだ。

「相性もあるしな」

不意に男が喋り出し、佐川は口の中の人参を慌てて飲み込んだ。

「一度試してから再度交渉というやり方もありだが」

「ちょっと待ってください。試して駄目だったら、俺だけ損じゃないですか」

男が露骨《ろこつ》に眉をひそめたが、遠慮はしない。ここは重要だ。

「一度で没交渉でもそれなりの金額を支払う。いくらがいいかは君が決めろ」

自分で決める、自分が買われる一回あたりの値段。二万が脳の片隅でグルグルしているが、その程度じゃ嫌だ。女相手じゃないから、いい思いができないのはわかっている。かといってあまりに高すぎると、これだけ払っているんだと向こうの要求がエスカレートしそうだ。

「ホテルに着くまでに考えておけ」

男は食事の続きを始める。怖くて問い返せないが、食事のあとにホテルへ行くつもりなんだろうか。ヤバい。こんな風に一気に事が進むなんて思っていなかったから、なんの心の準備もしていない。

チラリと上目遣いに男を見る。自分はこの男とセックスするかもしれない。そう自覚した途端、緊張してまた食事が喉を通らなくなる。チキンな自分を心の中で奮《ふる》い立たせる。これはチャンスだ。これで気に入られたら、本社所属の肩書きが手に入り、給料もアップする。けど、けど、いくらメリットが大きくても、男とのセックスは未知数すぎる。

メインディッシュは佐賀牛《さがぎゅう》だったが、ろくに食べられないまま食事を終えた。店を出た瞬間、走って逃げたい衝動に駆られる。それを行動に移す前に男がタクシーを止めてしまい、乗らざるをえなくなった。後部座席に二人、真ん中を空けて左右に座る。逃げ出すことも、課題にされた自分の値段を決めることもできないまま、十分ほどで高級ホテルのエントランスにタクシーは横付けされた。ロビーに行くとコンシェルジュが「お久しぶりです、カーター様」とすり寄ってきた。

「宿泊は二人。部屋はいつものグレードで。空いてなければそちらに任せる」

「かしこまりました。少々お待ちください」

ホテルの常連客……いや、得意客になると、手続きもコンシェルジュがするのだ。平日のせいなのかロビーに人は少ない。手配が終わり鍵を受け取ると、男は足早にエレベーターへ向かった。乗っているのは自分たち二人だけ。エレベーターは硝子《ガラス》張りで、夜景が遠くまでよく見える。

「あの」

外を見ていた男が緩慢《かんまん》に振り返った。

「没交渉時の件ですけど……現金ではないものがいいです。例えばあなたが今している時計とか」

値段や金といった生々しいものを避けつつ、それでも自分が損をしないためにはと考えた結論がそれ。男は左手を上げ、高級時計をパチリと外すと佐川のスーツのポケットに滑り込ませた。

「前払いだ」

ポケットが時計の重みで小さく膨らむ。これなら中古で売り払っても数十万の価値がある。お試しで逃げられたら最悪だと思っていたが、この男はそんなにケチくさくない。

コンシェルジュが手配した部屋は、会社の会議室よりも広く、そして夜景が見えるスイートルームだった。豪華すぎて落ち着かず借りてきた猫のように萎縮する佐川をよそに、部屋の中を歩く男は部屋の雰囲気に馴染んでいる。こいつは六十過ぎのオッサンのケツを追いかける残念な男だとわざと貶めるようなことを考えても、男の高級感は薄まらない。

「準備はしてあるか？」

男が振り返り、佐川は「はっ？」と首を傾げた。

「準備……って」

「していないなら、先にバスルームを使え」

準備ってなんだ？　男同士のセックスはアナルを使うことくらいは知っているが、実戦はまだ先だと思っていたから、なんの下調べもしていない。……いや、本当言うとチラ見した男同士のエロ動画がかなりエグくて詳細を知るのが怖くなってわざと避けていた。

とはいえここまできて慌てふためく姿は見せられない。先にバスルームに入り、男の視界から隠れたところでスマートフォンを取り出す。こんな時に限って電池がヤバい。持ってくれと願いつつ、男、セックスと入力して検索しているうちに、電源が完全に落ちて絶望した。

どうしようもないから、とりあえずシャワーを浴び、体を念入りに洗った。やり方は向こうが知っているだろうし、体さえ清潔にしていればなんとかなるだろう。セックスなんて基本、入れるか入れられるかで終了だ。

自分と交代で男がバスルームに入る。ドアが閉まるのを確かめてから慌てて通勤鞄の中を探したが、やっぱりバッテリーは入っていない。ホテルに充電器がないか備え付けのデスクの周辺を探すと、あった。各社充電できるケーブル……すぐさま接続し、充電しながらスマホを起動させている間に男が出てきた。びっくりするぐらい早い。

男はまっすぐ近づいてくると「スマホの充電が切れてて……」という佐川の言い訳を無視して背後から抱き寄せてきた。顎が引き上げられ、相手の唇が近づいてくる。触れる寸前で顔を逸らす。男が眉をひそめた。まずいと思ったものの、再び近づいてきた時も勝手に顔が逃げていく。男は露骨に不機嫌な顔になり、腹立たしげにフッと鼻を鳴らすと佐川の着ているバスローブの紐を解いた。前をはだけさせ、そこから手を差し入れてくる。熱い指が性器に触れ、その感触に背筋がブルッと震えた。

「うわっ」

思わず腰が引ける。男は「お前、やる気がないのか」と顎をしゃくった。

「そういうわけでも……」

言い訳しながらバスローブの前をいそいそと掻き合わせる自分を、男は冷めた目で見下ろしていたが、いきなり右腕を摑んできた。引きずるように歩かされ、乱暴にベッドへ突き倒される。衝撃で眼鏡が吹き飛び、探しているうちに背後から男がのしかかってきた。経験したことのない種類の圧迫感が怖い。もう闇雲《やみくも》に怖い。

「うっ、うわっ。ストップ、ストップ」

叫ぶと、男が動きを止めた。

「ふざけてるのか」

緑の瞳が怒って揺れている。楽しませるどころか、これじゃ逆効果だ。

「きょっ、今日は無理です。すみません。後日……後日でお願いします」

顔の前で両手を合わせ、必死でお願いする。

「何を言っているのか、意味がわからん」

「だから今日は無理って……」

「それならなぜ事前に断らない！」

男の言うことは悲しいほど正論だ。

「でっ、できるかと思ったけど、その……準備もできてなくて……」

「先にバスルームへ行かせただろう。あんなに時間をかけて、いったい何をやってたんだ」

責められても言い訳できない。しかも至近距離で睨まれて怖い。

「なっ、何をすればいいのかわからなくて……」

男の目から、激しい怒りの感情が突き刺さってくるようだ。このままだと間違いなく解雇を言い渡される。

「……すみません、俺初心者なんです」

うなだれ、蚊の鳴くような声で告白する。男は「what?」と問い返してくる。

「同性と経験がなくて……」

緑の目が驚いたようにまん丸になる。

「お前、セックスの経験がないのか？」

「どっ、童貞じゃないですよ。女とは経験あるけど男とは……」

男が目をすがめる。

「お前はゲイなんだろう？」

「いや、それは違うと思うんですけど……」

「ゲイではないのに、なぜ俺を誘った」

佐川が返事をするまでに「本社に引き抜かれたいからか？」と答えを当てられてしまった。

「本社に引き抜かれたくて、ゲイでもない、男の経験もない癖に俺を誘ったのか？」

自分を見下ろす緑の瞳は確信している。男は体を起こし、大きなため息をつくと「crazy」と額を押さえた。佐川も起き上がり、ベッドに座り込む。

「自分の考えていた予定と違っていたというか……明日か明後日だったら、なんとかなっていると思うんで」

男が途方にくれた顔で「フライドポテトを注文したら、畑から掘り出したばかりのジャガイモを差し出された気分だ」と呟いた。

「その、次は勉強してきます……」

男はガリガリと頭を掻き、そして佐川を見た。

「本当に男の経験はないのか」

これ以上嘘をついて誤魔化《ごまか》しても仕方がない。正直に「ないです」と答える。

「挿入はなくても、男とモノを扱《しご》き合ったり、フェラチオをしたことはあるんじゃないのか」

具体的な行為が出てきて、やっぱりという衝撃と共に自分がすることを想像してゾッとする。それでも嫌悪感を顔に出してはいけないことくらいはわかる。

「それも……ないです」

「男に触られたことや、キスは」

「ないですね」

三つ目の質問に答えたあと、落胆と失望しかなかった男の目が少し見開かれた。顎を押さえ、しばらく考え込む。そんな男を前に、佐川は後悔していた。男をたらし込もうなんて馬鹿げたこと、始めなきゃよかった。十市に外国人上司に取り入って引き抜いてもらうなんてやり方を聞かなきゃ、こんなことはしなかった。

男の指がまっすぐ佐川に向けられる。拳銃《けんじゅう》を向けられたような緊張感に、体が強ばる。

「今のお前は畑から収穫したばかりのジャガイモで、土で汚れ、根がついているような代物《しろもの》だ。それを洗い、皮を剝《む》き、時間をかけて調理したところで、俺の口に合うようになるかどうかはわからん」

酷いたとえをされているが、それについて自分が口答えできるわけもない。

「しかし結論さえ気にしなければ、暇つぶしにはなりそうだ」

男がニヤリと笑い、佐川の顎を摑んだ。指の力は強い。

「男とのキスに抵抗はあるか？」

話の流れがまだ見えてこないが、もしかしてこれから先があるんだろうか。

「覚悟してればなんとか」

目的があることも、男は初めてなのも知られた今、取り繕うことはない。

「では覚悟ができたら、目を閉じろ」

男は指を離した。自分を見る緑色の瞳は、この状況を面白がっているようにも感じる。覚悟と自分から口にしておきながら、どうすれば覚悟ができるのかわからない。はっきり言って、男とキスなんて罰ゲームでも嫌だ。

けれどこれからの行為には利権が発生するので、感情はさておき冷静になって分析する。人間なんだし、キスは男でも女でもかわりないだろう。それでも嫌だと思うのは多分、視覚的、心理的なものだ。自分が「男」とキスしているという。それなら相手を男と思わなければいいんじゃないだろうか。例えば目を閉じるとか。そこでようやく男の言葉の意図を理解した。目を閉じろと言っていたあれは、相手が同性という視覚的な抵抗をなくすことが目的なんじゃないだろうか。

今、一番の抜きネタの動画、エロい女教師を妄想しながらスッと目を閉じた。それが合図のように、顎を引き寄せられ「あっ」と思った時には唇に触れる感触があった。何度も角度を変えて重なる。女教師は積極的だ。こちらの唇を舐めていた舌が予告もなくぬるりと押し入ってきてギョッとする。いつも自分が攻めていくほうだから、攻め込まれる現状には違和感しかない。おまけに舌がでかい。風俗でもキスの好きな女の子はいるけれど、小さな舌がチロチロ動いているのと違って、口の中で暴れている感じだ。どうにも荒っぽいのに、歯の裏とか、喉の奥とか、感じやすいところを舌先で撫でてくる。セックスが好きそうな、エロいタイプのキスだ。

しばらくグチャグチャと音がするようなキスをして、口の中が痺れてきた頃にようやく乱暴な舌が出ていった。口の周りはどちらのものともわからない唾液でべとべとだ。

「キスはまぁまぁだな」

興ざめするほど冷静に呟き、男が口許を拭う。そして佐川の太腿に手を置いた。手のひらから伝わってくる熱に、急に心臓が騒ぎ出す。

「女にフェラチオをさせたことはあるか?」

「あります」

「されるのは好きか？」

あの乱暴な舌で吸われるのを想像し、火がともったように下半身がじわっと熱くなる。

「……嫌いな男はいないんじゃ」

佐川の気持ちを察したように、男が目を細める。

「じゃあ今からお前にしてやる。女ともやっていたなら、抵抗はないだろ。目を閉じていてもいいし、嫌なら教えろ」

男は佐川をベッドの端に座らせると、自分は床へ降り膝をついた。膝頭が摑まれ、股を左右に開かされる。垂れ下がったままのものを、観察するようにじっと見つめてくる。恥ずかしい。自分は包茎でもないし、これまでそこにコンプレックスを感じたことはなかったが、外国産の男と比べると、大人と子供ぐらい差がある。国産の中だと自分は標準サイズだからと繰り返し自分に言い聞かせる。そしていくら気持ちよさそうでも、男にフェラチオされるというビジュアルには耐えられそうにないので目を閉じた。

そこに触れてくる指は熱い。先端に生温かくぬるりとしたものが触れる。滑ったそれは、亀頭のくびれをなぞり、先端を嬲る。的確に男のツボを押さえてくる動きだ。亀頭から幹までぞろりと舐めおろし、かと思えば先端から熱い粘膜に飲み込まれ、痛みを感じる寸前まできつくねっとりと吸われる。下半身がドロドロにとけそうなほど気持ちいい。これまでのフェラチオが鶏肉だとしたら、こちらはステーキだ。重厚で、極上。これまで自分がしてもらったフェラチオの中では最高のテクニック。同性という嫌悪感も忘れ、ゲイってこっちに特化してるんだな、すげぇわと素直に感心する。

好奇心に抗えず、途中で薄目を開けた。男の茶色い髪が見える。怖くて迫力のある支社長が、自分よりもスペックが高いデキる男が、平社員で年下の男の前で跪《ひざまず》いて必死になってペニスをしゃぶっている。この男をマウントしているようで、最高に気分がいい。

茶色の髪に触れると、男が顔を上げた。どんなに偉くて美形でも、男のペニスを咥《くわ》えている顔は間が抜けている。欲求を堪《こら》え切れず、男の頭を押さえて自分のリズムで前後に動かした。興奮が高まり、顔射したい衝動に駆られる。この男を自分のもので汚してみたい……考え始めたら止まらなくなり、口の奥に何度か乱暴に突き上げてから勢いよく引き抜いた。男の白い顔にビュッビュッと精液が飛び散る。その瞬間は気持ちよかったが、数秒後には後悔していた。風俗でも顔射NGが多いのに、やってもいいか確認しなかった。調子に乗りすぎた。怒られる。

男は頬に伝う佐川の精液を指先で拭い、ちゅぶっと口に含んだ。ギョッとして見ていると、男はくちゅくちゅと味わうように指を舐め「濃いな」と呟いた。男の精液を舐めるなんて変態的な行為なのに、精液まみれなのに、男の横顔に沸き立つような色気がある。

「女とすることだと、抵抗はないようだな」

怖いような、申し訳ないような気持ちのまま「そうですね。あの、気持ちよかったです」と感想を伝える。男はベッドに上がり、佐川を引き寄せた。あぐらをかいた男の股の間から、そそり立つものが見える。色は濃くないが、やっぱり太さと長さにインパクトがある。欧米人は太くても柔らかいと聞いたことがあるが、正直そのボリュームは怖い。

「東洋人のペニスは小さくて短いが、固さはあるな」

男がバスローブの裾から覗いている佐川のペニスを握り込む。フェラチオを経験してしまったからなのかそこに触れられることになんの抵抗もなくなっていた。

「もっと近づいてこい。俺のモノと一緒に扱く」

いわゆる、手コキの二人バージョンをするつもりだろうか。

「俺の上に跨《また》がれ」

太腿を指さされる。女のように股を開く体勢に抵抗を感じつつも、手コキには興味があった。しかも二本のペニスを纏めて扱くのは初めてだ。風俗の女の子はしてくれるが、今まで付き合った女の子は誰もペニスを弄ってはくれなかった。

男の太腿に乗ると、二つのペニスが近づく。男は自分のペニスと佐川のペニスを両手でぐっと握り締めた。雄と雄が密着する。熱くてきつい。握ったまま、男は力強く扱き上げた。手と手でない熱いものに圧迫され、強い刺激に、さっき出したばかりなのにまた快感が滲んでくる。男も先っぽからダラダラとお漏らしして、溢れた先走りでグチュ、ヌチュとゾクゾクするような卑猥《ひわい》な音を響かせる。

「また固くなってきたな。気持ちいいか？」

男の声が甘い。

「あ、うん」

もうちょっとでいけそうだったのに、唐突に男の手が止まる。指が離れ「今度はお前がやれ」と命令される。なんの躊躇いもなく自分と男のものを両手で握り、真似して擦り上げた。やっぱり気持ちいい。二本のペニスというビジュアルも気にならない。男のペニスは勃起していても周囲は柔らかく、中に強い芯が通っているような感触がした。

「顔を上げろ」

上を向くとキスされた。絡んでくる舌が気持ちよくて夢中になっていると、唇が離れて「手も動かせ」と叱られる。男のキステクニックで疎《おろそ》かになる手を必死に動かしているうちに、男のそれが膨張し、ビクビク震えて先端から白濁した液を吹き出した。少し遅れて佐川も達する。

興奮が冷めやらず、ハアハアと肩で息をする。男は射精の余韻でまだ敏感な佐川のペニスを、猫の尻尾でも摑むように右手で握り込んだ。

「感度は悪くなさそうだな」

急所を摑まれているのは落ち着かない。それなのに、もう十分擦り上げたのに、まだ刺激されたいと思ってしまう。しばらく人のペニスを弄《もてあそ》んだあと、男は手を離した。

「試食も終わったところで今後の話だが」

色気のあるエロい顔から、男は急にビジネスマンの空気をまとった。

「俺の相手を週に二回、半年続けられたら本社に引き抜いてやる」

頭の中で計算する。週に二回で月に約八回、半年だと四十八回になる。風俗が一回二万だとしたら、四十八回だと九十六万円になる。

「……回数が多くないですか」

「この条件は譲《ゆず》らない。お前が初心者のせいで最初は満足できないのが確実だからな。たとえ半年続けても、お前がモノになるかどうかもわからない」

今日のやり方がオナニー止まりで男が満足していないのも、初心者の自分を気遣って無理強いもしなかったのも流石に気付いていた。顎先に男の指が触れ、クッと引き上げられる。

「男同士の経験もないくせに、よく人を誘えたものだと逆に感心する」

「それは……なんとかなるかなって……」

男は心底呆れた顔で、佐川の顎を弾くようにして指を離した。

「支社と本社の給与格差は把握しているが、お前みたいな取引を持ちかけてきた男は初めてだ。たとえ本社に来ても、結果を残せなければ解雇されるぞ。所詮《しょせん》、小細工をしても無意味ということだ。お前にどれだけの実力があるか俺は知らないが、そんなことはどうでもいい。これは暇つぶしのゲームだからな」

自分をよく知りもしないのに、言いたい放題でムッとする。確かに営業成績は天王寺がトップだが、次点は自分。まずまずの営業成績だし、環境さえ整えば自分だってもっとやれるはずだ。

「引き抜きの条件は半年だが、お前がモノになり、それから先もう一年、俺の日本での任期が終わるまで相手を続けられたならボーナスをやろう」

思いもよらぬ提案に、おそるおそる「ボーナスって、具体的にいくらですか」と聞いてみる。

「五百万」

佐川の脳内で百万円の札束が漫画のようにドドドンと五束重なる。

「そのかわり途中でやめたらボーナスはなし、違約金もなしだ。続けるかどうかは、半年後にお前が決めろ」

とりあえず引き抜きを条件に契約を結んだ。あとになって「そんな約束はしていない」と逃げられても嫌だったので、効力はない上に人には見せられないと知りつつホテルの便せんで念書を作りサインをさせた。自分を「本社」へと導く紙切れを、佐川は絶対になくさないようにと大事に手帳にしまった。

そして自分は男の「育成型セックスフレンド」になった。週二回、六本木にある男のマンションに行きセックスする。今思い返すと男はとても慎重で用心深く、最初の四、五回はペニスの挿入はなかった。指で丹念に穴を広げ、柔らかく解《ほぐ》れると小さなディルドから順に入れて異物に慣れさせられた。そうやって段階を踏み、最終的に男のものを受け入れさせられたが、圧迫感はあれど怖くはなかった。それまで散々ディルドで遊ばれ受け入れる感覚に慣らされていたので、男に犯されるという屈辱感もなかった。

男とのセックスは、尻でペニスを受け入れられるようになって終わりではなかった。慣れてくると、ペニスには触れず尻への挿入だけで射精するよう求められた。そんなことができるようになるとは思えなかったが、体が開発されて感じやすくなり、前立腺を責められる快感を知ってしまうといつの間にか男の望み通り指でも玩具でもペニスでも、入れられたら条件反射のように勃起し、容易に射精できる体になっていた。

大学生の頃、バイト先の先輩が風俗嬢にアナルを弄ってもらうのが最高に気持ちいいと話していて、変態行為の暴露《ばくろ》を冷めた気持ちで聞いていたが、今はこういうことだったんだと理解できる。けれどアナル好きのその先輩も、男のペニスで喉の奥を擦られると気持ちいいという感覚は知らなかっただろう。

男とのセックスを続けて半年後、佐川は契約通りエリック&ロナウドの本社に引き抜かれた。残り一年の任期の間という条件の肉体関係も、自分の意志で決めた。五百万のボーナスは魅力的だったし、その頃には男とのセックスは佐川にとって歯磨きレベルのイージーな行為になっていた。

週二回、火曜と金曜に関係を持つ。火曜は翌日が仕事なので体に負担のかかる行為を避けオーラルセックスをする。金曜はペニスの挿入もありのフルコースで、男の気分次第で朝まで寝かせてもらえないこともある。

男との定期的な逢瀬で精子を搾《しぼ》り取られるので、自慰をすることがなくなった。うっかり抜くと「薄い」と不機嫌になるので、自然と弄らなくなった。それに少し溜めて男とするほうが自慰よりも気持ちよかった。

佐川は自分の胸の下に回されている男の腕を見た。延長一年の条件は週二回のセックスのみ。他の人間と寝るなとか、彼女を作るなとは言われていない。性欲を解消するという意味では風俗や彼女の存在は必要なかったが、先月から積極的に合コンへ参加している。

男とのセックスはビジネスだが、いつ頃からだろう、なんとなくこの男に好かれているような気がしていた。セックスが終わると、最初のうちはマンションから帰されていたが、そのうち泊まるように言われ、男の部屋に自分のスーツと普段着が何セットか準備された。脱ぎ散らかして置いていった服も、次に来た時はきちんとクリーニングされている。

先月だったか、オーラルセックスをしたあとに余韻でキスをしていた時「誕生日はいつだ？」と耳許に囁かれた。教えると、何か月も先なのに「何か欲しい物はあるか？」と聞かれて驚いた。金で繋がっている関係で、更に上乗せして金を使うというのは、好意があるとしか考えられない。試しに「フェラーリ」と言ってみると「色は」と聞かれ、本気で買いそうな気配にビビッて「冗談だよ。車は駐車場とかあれこれ面倒だしいいや」と誤魔化した。

正直、好かれても……という感じではあるが、性欲処理だけで雑に扱われるよりは、丁寧で気持ちいいほうがいい。どちらにしろ男はあと半年でアメリカに帰るのだし、上手く、美味しいとこだけ持っていきたい。

もやもや考えているうちに目覚ましのアラームが鳴る。自分の胸許に回されていた腕にぐぐっと力が入り、強く抱き締められる。少し身を捩《よじ》り、寝起きで怒鳴り出しそうなほど不機嫌な顔をしている男にキスをする。そのうち男が完全に目を覚まして、深いキスになる。

「ミルクを飲ませろ」

そう言うので、仰向けの男の顔に跨る。人の腰を引き寄せてペニスを根本まで含み、勢いよく吸い上げる。たとえ射精できなくても、人のものを吸っていれば満足する。いつもこの体勢はどうよと思うが、そうやって少しだけご機嫌をとっておく。ビジネスでも、多少はサービスする。

そういえば出勤前に、玲奈にメッセージを送っておかないといけない。せっかく釣った魚なので、こっちもエサを与えてキープしておかないと逃げられる。

後ろを指でこじ開けられる気配に、慌てて腰を上げた。男の口からペニスが抜ける。男は顔の前でブラブラと揺れるそれをまだ舐めたいとばかりに、名残惜しそうに舌を突き出してきた。

「後ろは嫌だ。これから仕事だし」

男が佐川の尻を厭《いや》らしい手つきで撫で「……有給をやろうか」と目を細めた。

「今は忙しくないだろう」

心がぐらりと揺れる。日本支社と違って本社は、社員がバンバン有給や長期休暇を取る。繁忙《はんぼう》期《き》でなければ理由も問われない。けれど小心者の佐川は、有給を申し出るタイミングを上手く摑

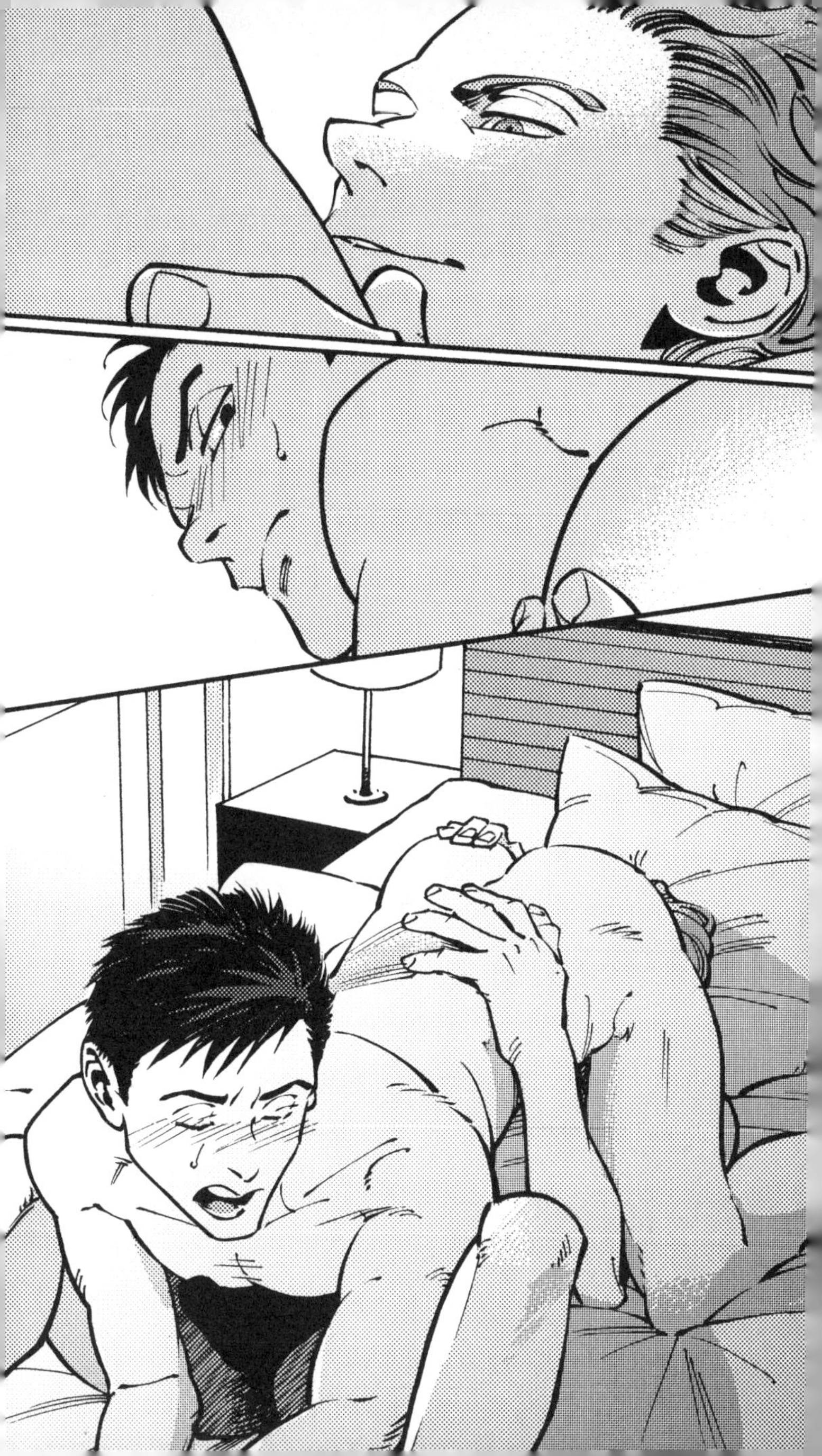

めないでいる。

「あんたはどうするんだよ」

「俺は半休だな」

男が来いとばかりにクイクイと右手の人指し指を動かす。週の半ばを過ぎて疲れているし、仕事は忙しくない。誘惑に負けて腰を下ろす。ペニスが再び温かい粘膜に包まれ、後ろに指が入ってくる。敏感な部分を内と外から集中的に責められて、気持ちよくて膝立ちしているのが段々と辛くなってくる。

玲奈への連絡はこいつが出勤してからでいいやと諦め、佐川は背中を丸めて大きく喘いだ。


異動してきた当初、そして今も本社の管理部は居心地が悪い。上司になったベティには、最初に「私は天王寺を推薦したんだけど、どうしてアナタだったのかしら」とチクリと言われた。新人だからといって気を遣われることもないし、手伝ってもくれない。仕事は完全個人主義。予想はしていたが、想像以上だった。

オフィスの会話も英語。ニューヨーク本社との書類や文書のやり取りは当たり前に英語。メールや資料を読むにも、日本語のようにスラスラとは頭に入らずストレスがかかる。正直、きつい。

救いだったのは主な業務が日本支社の管理なので、支社から上がってくる書類が英語に変換される前の日本語で読め、細かいニュアンスも理解できるということだ。言わばそこの部分しかベティを含めた外国人社員へのアドバンテージはなかった。

自分の仕事さえ終われば定時に帰れて、給料も高い。そう思うことでストレス満載の環境を我慢している。最近は英語まみれの仕事にも慣れてきたが、まだ外国人社員と意志の疎通をする上で、細かなニュアンスが上手く伝わらないことがある。これが二年、三年続くと思うとうんざりする。異動した翌月には「転職」という単語が頭をチラつき始めていた。

もとの支社、営業に戻るのは惨《みじ》めだから嫌だ。今くらいの給料で、日本語メインの会社で仕事をしたい。理想は追加の一年契約の残り半分をやりとげて五百万をゲットし、ダンが帰ったあとに華麗に転職することだが、あくまで理想。中途入社はヘッドハンティングでもされない限り扱いは悪い。エリック&ロナウドの本社社員だったと言っても、自分には実績がないので実現は難しい。

本社に引き抜かれたら全て上手くいくと思っていたのに、仕事内容で悩むことになるとは思ってもみなかった。今はデスクワークが主だが、自分には営業のように足を使う仕事が向いていたのかもしれないと今になって思う。

佐川のデスクの横には、エリック&ロナウドが作っているチョコレートのクッキー菓子『fufu《フフ》』がある。そしてニューヨーク本社からは、これの原価を下げろと通達が来ている。当たり前だが、原価が下がれば同じだけ売れても収益は上がる。支社では同品質で低価格の原料の調達、製造工程の短縮化と本社からの要求に応《こた》えるべく奮闘《ふんとう》していて、自分たち本社管理部はそれをチェックしてゴーサインを出している。

『fufu』は売り上げが悪いが、エリック&ロナウド初の日本オリジナル製品ということで簡単には廃盤にできず、あれこれテコ入れが行われている。佐川は他社の類似商品の数点と『fufu』を食べ比べてみたが、『fufu』より売れている商品も味は大差ない。いや、『fufu』のほうが美味いくらいだ。それなのに売れないのは認知度の低さが原因。それは支社からの資料にもたびたび書かれてある。

認知度がない上にテレビCMが壊滅的にダサい。CMの変更案も支社から上がっているが、それは問答無用で却下されている。CM制作会社がエリック&ロナウドの副社長の親戚という大人の事情で改善する気配はない。それならばせめてと営業は流行《はや》りのデザイン会社に雑誌広告の誌面デザインを依頼したり、大きなイベントで小袋を無料配布するなど認知度を上げる努力しているが、目立った効果はみられない。

佐川も支社のマーケティング部から「テレビCMをどうにかしたい」と再三言われているし、上司のベティに話をするも、いつも「NO」の一言で片付けられる。会社の収益を考えるならCM制作会社を変更するべきなのに、なぜ検討されないのだろうと思っていたが、最近わかってきた。ベティや他の外国人社員は、縁故の関係先を切って自分の立場が悪くなり会社の収益を上げるよりは、自分の立場はそのままで収益も上がらないほうを選んでいるのだ。それに気づいた時は、単純に個人主義が徹底しているなと逆に感心した。

ただそういった本社の人間の保身が皺寄せとなって、CMを変えずに認知度を上げろ、売り上げを上げろと支社を悩ませている。

旬の若手女優を使い斬新《ざんしん》なCMを作れば……当たれば一発で認知度は上がるのにと思いつつ、支社から報告されてくる大手系列のスーパーの惨憺《さんたん》たる売上票を眺める。元支社営業としてジレンマを感じつつ、今は自分も高みから見下ろしている。

聞き慣れない声がして、ふと顔を上げた。ベティが金髪の男と話をしている。初めて見る顔だ。歳はダンと同じぐらいだろうか。『こちらは蒸し暑いね』『そうなのよ、嫌になるわ』と他愛のない話をしている。知り合いということは、ニューヨーク本社の社員が出張で来ているんだろうか？

金髪の男と目が合う。金髪の男はベティに何か小声で問いかける。『そう、彼がリョウスケサカワよ』とベティが自分に目配せすると、男はニコニコと愛想のいい顔でこちらに近づいてきた。

『はじめまして　サカワさん』

声をかけられる。どう見ても男のほうが自分よりも年上、そして役職も上のはずだ。佐川は椅子から立ち上がり『どうもはじめまして。佐川良祐です』と英語で自己紹介した。すると男は『君がねえ』と呟き、顔を覗き込んでくる。

本社に引き抜かれたとはいえ、部署異動のような紙面での辞令だった。書類は何枚も提出しなくてはいけなかったが、その手続きで自分がアメリカの本社に行くことはなかった。そんな肩書きだけが『本社』になった自分のことを、見ず知らずの外国人社員は知っているようだ。支社から本社への引き抜きは珍しいので、そういう意味で注目されているんだろうか。

『私はヒューイ・アダムス。別件での出張だったんだけど、久々にダンの顔でも見ていこうかなと思って立ち寄ったら、どうも彼は外出中らしくてね』

ダンと対等に話ができそうなこの男は、重役クラスかもしれない。……緊張して顔が強ばる。間違った対応はできない。

『それでは今から社長に連絡しましょうか？』

ヒューイは『その必要はないよ。私が来たことは秘書にも伝えてあるしね』と肩を竦める。自分が下手に気を遣わなくても、ダンには日本人、外国人二人の秘書がいる。自分が出る幕ではない。

青い瞳の中に、自分の姿が映っていた。無言でじっと見つめられ、東洋人が珍しいんだろうかと思っているとヒューイは腕組みをし、笑うように目を細めた。……何も言われていないのに、小馬鹿にされているように感じるのはどうしてだろう。

『私は日本支社に来るのは初めてでね。色々な部署を見て回りたいんだけど、君に通訳をお願いできないかな？』

ベティが『ちょっと』と身を乗り出し、ヒューイが右手で制する。

『日本語が苦手でね。案内してもらえると助かるよ』

ベティの表情を窺《うかが》うと、了承とは言いがたい渋い顔で『悪いけど、ヒューイに社内を案内してきて』と指示が出た。来客の案内など日本では当たり前だが、外資はいくら役職が上の人間が来ても、部下の仕事の手を止めさせてまで案内をさせることはない。この男は特別待遇だ。それだけ重要人物ということかもしれない。

上の階から順に、ビルの何階にどのような部署が入っているのか説明しながら、ヒューイを案内する。この男がどういう役職なのか気になり『支社の者になんと紹介させてもらえばよいですか？』と聞いたが『海外事業部で』と詳細を教えてくれない。仕方がないので、一つ下の階、資材部から案内する時も「海外事業部のヒューイ・アダムス氏が支社の視察に来られています」と紹介した。部長クラスでもヒューイ・アダムスの名前は知らず、自分同様どう扱っていいのかわからないようで『わざわざどうも』とか『ご苦労様です』と当たり障《さわ》りのない対応をしていた。

「業務内容を説明する社員が必要ですか？」と部長に聞かれ、通訳するとヒューイは『必要ないよ。雰囲気を知りたいだけだから』と断った。

どの部署も、上の人間と一言、二言話をして、部屋をぐるりと一周して終わり。本当にザッと見ているだけだ。マーケティング部に行くと「あれって、本社に引き抜かれた佐川さんだろ」「すごいよな」という会話がチラリと聞こえた。各部署の部長を押しのけての大出世、自分は羨《せん》望《ぼう》の眼差《まなざ》しで見られているんだなと思うと久々に気分がよく、格好をつけて眼鏡のブリッジを軽く持ち上げた。

最後の最後に自分がかつて所属していた営業部へと連れて行く。昼過ぎのこの時間は社員が出払っていることが多いが、総勢三十五名のところ部長課長を含めて十五人程残っていた。十市と天王寺もいる。本社の人間を案内する姿を周囲に、何よりも天王寺に見せつけられることにたまらない優越感を覚える。

自分から色々な部署を見て回りたいと言っていたくせに、説明を受けても『いいね』と繰り返すだけで、関心がなさそうだったヒューイが、初めて『あれは何？』と社員のデスクにあった試供品の菓子を指さした。

『イベントなどで、来場者に無料配布するために作った試供品です』

一つもらい、ヒューイに手渡す。それは現物の十分の一サイズで、パッケージは本物と同じデザインになっていた。

『よくできてるね』

　菓子袋を両手で摘み、ヒューイはブラブラと左右に振った。

『ミニサイズを作るなんてコストのかかることをしないで、現物を使えばいいのに。どうせ沢山売れ残っているんだろう』

　笑顔から放たれる辛辣《しんらつ》な一撃に、佐川は息を呑んだ。社員も英語のわかる者が多いので、一斉に通夜のような陰鬱《いんうつ》な面持ちになる。

『この菓子、早く廃盤になればいいのにね。ロアギエーロの負の遺産だ』

　ロアギエーロは日本支社ができた時、最初に赴任してきた社長だ。『fufu』の開発に熱心だったと聞いている。十年近く前の話なので、佐川は写真でしか顔を見たことはない。

『fufu』が売れないのは、縁故のCM制作会社のせいだろ……おそらく、この場にいる全員がそう文句を言いたいだろうが、口を噤《つぐ》んでいる。これまで何度も本社に意見してきて弾かれている。今更という思いもあるだろう。

『ミスター・アダムス』

　ネイティヴ並の発音でヒューイに声をかけたのは天王寺だ。少し離れた場所でパソコンに向かっていたはずだが、こちらに近づいてくる。天王寺は長身なので、並ぶとヒューイと同じぐらいの位置に顔がある。

『営業の天王寺醸と申します。試供品の説明をさせてもらってもよろしいですか？』

　本社の人間を前にしても臆《おく》したところがない。芸能人並の小さな顔、端整な顔でニコリと愛想よく微笑む。ヒューイが『うーん』と迷っていたので、「忙しい人に時間を取らせるなよ」と佐川は牽制《けんせい》した。支社の分際で、自分を差し置いて説明するとか厚かましい。けれどヒューイが『いいよ、簡潔にね』と許可してしまった。

「ごめんね、佐川。すぐにすませるから」

自分に謝ってから、天王寺はヒューイと対峙《たいじ》した。

『fufuのターゲットは女性で、今回のキャンペーンは十代から二十代を対象に展開しています。試供品として現物を支給したことも過去にありまして、その時のアンケートでは女性が鞄に入れるサイズとしては大きいという意見が見られました。サイズの関係で試供品を受け取ってもらえないというのは不本意なので、今回は敢《あ》えてミニサイズで展開しています』

ヒューイは『へえ』と瞬きする。

『日本の食品の販売サイズが小さいのは知っていたけど、無料でもらえるものでも小さいほうがいいという意見があるなんて驚きだよ。アメリカじゃ考えられないね』

『ミニサイズの試供品は、一人に複数個配布しています。今は美味しいものはシェアするという女性が多く、ミニサイズは人とシェアしやすいという利点があります。fufuは美味しいと私は思っていますが、全員がその味を気に入るわけではありません。試供品をもらった誰かがその味を気に入らなくても、小袋であれば残りを他の人に譲ることが容易です。その味を気に入る、気に入らないにかかわらず、試供品を受け取った人が他の人へと拡散するようにとの狙いがあります』

『fufu』のミニサイズの試供品を作る件は、最終的に管理部がオーケーを出した。目的等、大体の内容は把握していたが、味を気に入らなかったモニターが他の人間にあげるという展開まで考えていたとは思わなかった。

『ミニサイズを実物と同じデザインにしたのは、試供品を食べて美味しいと感じた人が、もう一度食べたいと思った時に店舗ですぐに見つけられるようにとの狙いがあります。fufuは原色のパッケージが印象的なので、更に効果的だと思っています』

ヒューイは試供品の袋を破り、棒状になったクッキーをサクッと噛んだ。しゃくしゃくという咀嚼《そしゃく》音が室内に響く。

『無益《むえき》なことをしてるなと思ったけど、そういう意図があったのか。……あと君、発音が綺麗だね』

『ありがとうございます』

こちらを小馬鹿にしていたヒューイの目が、ほんの一、二分の説明で、天王寺への関心、興味を示すものに変化している。二人の間にできた空気が不愉快だ。みんな『有能』な天王寺を見つけてしまう。ベティだって本当は天王寺がよかったと自分に面と向かって言い放った。

『君らの努力は大いに評価するよ』

中身を食べて空になった試供品の小袋、その両端を摘んでヒューイは顔の前に掲げてみせた。

『色々と考えられた宣伝戦略の割にコレが売れないのはどうしてだい？』

絶対に『CMがダサい』が来ると思っていたが、天王寺は『コンビニ展開ができないせいだと思います』と答えた。

『コンビニ展開？』

『商品のターゲットの女性や若年層はコンビニで菓子を買うことが多い。けれど知名度がない、売れない、サイズが大きいを理由にfufuはコンビニに置いてもらえません。私としては、speaks《スピークス》とコラボでコンビニでフェアを打ってはどうかと考えています。ただspeaksとのコラボでもまだ弱いように感じるので、更なるアレンジが必要だと思っています』

『speaks』はエリック&ロナウド社の日本市場においてトップ3に入る稼ぎ頭の炭酸飲料で、コンビニにも必ず置いてある定番商品だ。『fufu』も将来的にはそういうポジションを狙っている。

『speaksは辛口の炭酸飲料です。甘めのfufuと相性がいい。speaksの傍にはfufuという日本独自の定番を作っていければと思います』

ヒューイは『それは営業の総意かい?』と聞いてきた。

『いいえ。私独自の見解です』

『君、テンノウジだっけ?』

『はい』

『ベティが気に入ってた子だね。私も覚えておくよ』

試供品の袋をゴミ箱に捨て、ヒューイは『じゃ、行こうか』と先に営業部を出て行った。慌ててあとを追いかける。足が速くて、隣に並んだのはエレベーターの手前だった。

『その……営業の者が個人的に意見などして失礼しました』

「構わないよ」

流暢な日本語。佐川が「えっ」と首を傾げると、ヒューイは「しまった」とペロリと子供のように舌を出した。この人日本語が理解できるのか?

意味がわからない。「ごめんごめん」と謝りながらヒューイはバチリと派手なウインクをした。

「ビジネスに不便しない程度に日本語は喋れるんだよ。けどどうしても君を借り受けたくてね」

ベティの表情がおかしかった理由がわかる。日本語が喋れるなら、わざわざ通訳をつける必要はない。

「天王寺はいいね。クレバーで英語もネイティヴ並だ。ベティが本社に強く推《お》していたわけがわかったよ」

君は、とヒューイが佐川を指さす。

「発音がよくないね。あともう少し単語を覚えたほうがいい。同じフレーズの繰り返しで、まるでロボットと喋っているようだよ」

満面の笑みで指摘してくる。発音のことはベティにも言われ、対策として週に一度英会話教室の上級者コースに通っているが、なかなか上達しない。

「……もっ、申し訳ありません」

「言語っていうのは最低限必要なツールだ。天王寺ぐらいにならないと、ニューヨークの本社では誰にも相手にされないよ」

更に追い打ちをかけてくる。

「こっ、心しておきます。その、上に戻りましょうか」

エレベーターの上昇ボタンを押す。ヒューイの顔を見られない。見たくない。目が合ったらまた何か言われるんじゃないかと、気が気じゃない。

「発音、ダンに教えてもらったりしないの?」

勢いよく振り返る。この男は何を……何か知っているんだろうか。

「例えばピロートークとか」

ヒューイは唇を窄めて人差し指をあてる。全身からザッと血の気が引き、背筋が冷たくなる。

エレベーターが止まり、ウィンと扉が開く。

「さあ、乗ろうか」

ヒューイに箱の中へと促される。先客はおらず、上昇する個室で二人きり。気まずくてたまらない。逃げ出したいのに逃げられない。息苦しい。

「怯えた小犬のような顔しなくても大丈夫だよ。君がダンとのセックスを条件に、他の優秀な候補者を差し置いて自分を本社に引き抜かせたなんて誰にも言わないから」

くらりと目眩《めまい》がして足許がよろけ、エレベーターの壁にもたれかかる。そんな自分を横目に、金髪の男は華やかに笑った。

「私はそういう狡《ずる》いタイプも大好きだしね」

一歩で距離を縮め自分の正面に立った男は、キスのできる距離で佐川の尻をグッと掴んだ。体が震える。怖くて動けない。

「図太くて生意気なタイプかと思ってたけど、想像と違うね」

グッグッと佐川の尻を力強く揉み上げて指は離れた。

「想像していたよりもつまんない男だなぁ」

明確に自分に向けられた言葉が、その真意も摑めないままぐさりと胸に刺さる。

「昔からダンは男を見る目がなかったからね」

エレベーターの扉が開く。ヒューイは「案内、ありがとう」と佐川に告げて先に管理部に戻ると、ベティに一声かけて風のように去っていった。

会社案内でロスした時間を取り戻すべくパソコンに向かうも、五分も集中できない。エレベーター内でのヒューイとの会話が、頭の中で何度も繰り返される。ヒューイという男はダンと自分の関係を知っている。おそらくダンが喋ったのだろう。最悪だ。ヒューイは本当に誰にも言わないでいてくれるだろうか。その言葉を信用していいんだろうか。

体を使って昇進したことが知られたら、ベティに、同僚に間違いなく軽蔑される。ただでさえ居心地の悪い管理部で余計に肩身が狭くなる。

『サカワ！』

ベティの怒鳴り声に驚いて、心臓が裏返りそうになる。いつの間にか横に来ていたベティが虫けらでも見るような目で自分を睨んでいた。

『すみません、気づきませんでした』

『わざと無視したわね。何度も呼んだわよ』

『申し訳ありません』

ベティの表情からフッと怒りが消え、探るように佐川の顔を見る。

『あなた、具合が悪いの？』

『そんなことは……』

『酷く顔色が悪いわ。体調が万全でないなら病院に行きなさい。人に言われる前に、体調は自己管理してちょうだい』

意味深なヒューイの言葉で精神的にやられているが、体に異変があるわけではない。それでも気持ちを落ち着けたくて、休憩のつもりで管理部のフロアを出た。煙草の気分でもなく、自販機の横にある休憩スペースのベンチに腰を下ろす。

気分を変えたいのに、頭に浮かぶのはヒューイの顔。気分は沈み込むばかりだ。段々と腹が立ってきた。口が軽すぎるダン・カーターに。人に話さないで欲しいと面と向かってお願いしたことはないが、ヒューイは本社の人間だし、こちらの立場も考えてもっと気を遣って欲しかった。いや、気を遣うべきだ。こういうことは秘密にするべきだし、人に話すようなことじゃない。

スマートフォンにSNSの着信がある。玲奈からで「休憩中」「お菓子食べてる」「今晩楽しみ」と単文のメッセージが続く。開いてしまったので既読がつく。返事をしないといけないのはわかっているけれど、今は激しく鬱陶しい。それでも無視することはできず「期待してて」「忙しいからまたあとで」と何も考えずに送信し、スマートフォンの電源を切った。

予約が取れないことで有名な和食系の創作料理の店で、佐川は板倉《いたくら》玲奈と食事をしていた。ビルの十二階、窓際のカウンター席は、事前にリサーチした通り夜景が見える絶好のロケーションで雰囲気がよく、玲奈も上機嫌だ。

予約していた料理は、盛りつけも独創的で味もいい。男には量が少ない気もするが、それはまあよしとする。

玲奈は従兄《いとこ》の友人が飛び込みの強化選手で、オリンピックの代表候補だという話をしているが、マイナー競技に興味はないし、赤の他人の話なんてどうでもよくて「ふうん」とか「そう」と適当に相槌を打っている。

「今日、カナダ人のお客様が来たの。秘書は私ともう一人いるんだけど、その子が英会話が得意じゃなかったから、私がお客様をご案内したんだ。私がスペイン語も話せるって言ったら、そのお客様が急にスペイン語で話し始めちゃって、上司がポカーンとしてたの。面白かったなぁ」

以前から、玲奈は二カ国語ができると自慢していた。これは褒めてほしいパターンだろうなと思いつつ、私できるアピールが微妙に鬱陶しくて、「俺も今日、本社の重役の通訳を任されたな」と話のラインをずらした。

「日本語が全く話せない人で、通訳をお願いされたんだ。本社の管理部にいる日本人って俺だけだからさ。英会話はネイティヴ並とはいかないけど、満足して帰ってくれたよ」

日本語が堪能なのに話せないと騙《だま》され、セクハラされた上に発音が悪いと指摘されたことは別に今、話す必要のないことだ。っていうか、そんなこと絶対に言いたくない。

「へえ、そうなんだ〜」

玲奈の反応は鈍い。

「社内を案内している時に、販売戦略について色々と質問されたんだ。俺なりの意見を伝えたら、君はクレバーだって褒めてもらえたよ」

「立場が上の人に自分を印象づけるのって重要よね」

そういう堅苦しい言葉が欲しいんじゃない。単純に「すごいね」と持ち上げておけばいいのに、空気の読めない女だ。話は下手だし、砕けたタイプでもないから、下ネタも迂闊《うかつ》に口に出せない。

唯一の楽しみはセックスだ。ホテルの部屋はもう押さえてある。ほぼ一年ぶりに女とヤッて、昼間にあった嫌なこと諸々をスッキリと忘れたい。けれど普段の感じからして玲奈は積極的にサービスしてくれるタイプでもなさそうだから、これで相性が悪かったら本気で凹《へこ》む。

玲奈に着信が入る。仕事の関係だったらしく「ごめんなさい」と席を立ち店のレストルーム付近に移動していった。遠くにある細身の後ろ姿を見ながら、心底面倒くさいなと思う。ヤルだけの女は楽だけど、ちょっといい女はまめな連絡だ、食事だ、デートだと手間がかかる。楽で相性がいいという点ではダンが最強だが、所詮ビジネスだし男同士だ。ため息をつき、残っていた日本酒を飲み干す。

「ミスター佐川」

ミスター付の不思議なイントネーションに首を傾げ、振り返った先に見えたのは白すぎる顔に金色の髪。それがセクハラのヒューイ・アダムスだと気づくと同時に、手にしていたグラスをあやうく落としそうになった。

「どっ、どうして……」

「取引先が連れて来てくれたんだ。ここは食事もお酒も美味しいね」

ひょっとしてダンも一緒なんじゃ……焦《あせ》って周囲を見渡す。

「ダンならいないよ」

心の中を読まれているようでゾッとする。

「誘ったけど断られてね、結局会えなかったよ。私はどうも嫌われているようだ」

ヒューイは「綺麗な女性と一緒だね。恋人、それとも愛人かな?」と聞いてくる。握り締めた手のひらに、汗がじっとりと滲む。

「……ただの友達ですよ」

ヒューイはフッと鼻先で笑う。お前の嘘などお見通しという顔だ。

「本当に友達なんです」

言い訳を重ねるほど、嘘が浮き彫りになっていく。

「今日のことは黙っていてあげるよ。私もこれ以上ダンに嫌われたくないからね。一つ忠告しておくけど、あれは嫉妬《しっと》深い男だから息抜きはもっと上手くやったほうがいい」

バチリとウインクし、ヒューイはカウンター席の後ろにある、襖《ふすま》で仕切られた個室に入っていった。こんな近くにいたなんて思わなかった。玲奈に見栄《みえ》をはってベラベラ嘘をついたのを、日本語が堪能なヒューイは聞いていたかもしれない。頬がじわっと熱くなる。みっともない、恥ずかしい……今すぐここから逃げ出したい。

店員を呼び止め、支払いをすませる。そして玲奈が戻ってくると同時に席を立ち、店を出た。あの男に、自分たちの会話をこれ以上聞かせたくなかった。

予定では食事のあとに雰囲気のいいバーに行くつもりだったが、止めた。外をウロウロと歩き回りたくない。絶対にダンに遭遇しないという保証はない。自分たちは金で繋がっているだけで、女といたって契約違反ではないけれども……。

玲奈をホテルに誘うと、それを期待していたような目で「いいよ」と頷いた。ホテルへ行く途中も周囲が気になって落ち着かず、部屋に入ってようやく緊張感から解放された。ここなら見つからない。洒落《しゃれ》たホテルだが、ダンが泊まるグレードにはほど遠い。

玲奈が先にシャワーを浴び、佐川は窓際にあるソファに腰掛けた。あの店でヒューイに会うなんて最悪だった。ダンには黙っていてくれるという話だったが、その言葉を信用していいんだろうか。二人の関係性もよくわからない。歳も同じくらいに見えるし、ひょっとして元カレとか。ダンの過去など自分には関係ない。セックスはビジネスだと割り切っているのに、胸がモヤモヤする根拠はいったいなんだ？

気づけばため息が漏れている。デートに水を差す出来事がメンタルを直撃し、とてもセックスを楽しむ気分じゃない。この精神状態で勃起するのかと不安になったが、バスルームから出てきた玲奈を見てそんな不安は霧散《むさん》した。

濡れたように潤んだ目、ほんのり上気した頬。真っ白なバスローブの裾から覗く白い足。玲奈から漏れ出すヤル気にあてられ、下半身にグワッと血が集まっていく。これから先の快感を予測し、佐川は自然と口許が緩んだ。

スマートフォンでお気に入りの動画を見ながらペニスを扱く。興奮するし、半勃起くらいにはなるのになかなかイケない。ほら、頑張れ！　いけ、いけ……励ましているうちに、どんどん固さがなくなっていく。なんかこれ、マジでヤバくないか。焦っているうちにどんどん萎《しお》れて、最終的にクタリと垂れ下がった。玲奈としていた時と同じだ。

自分の部屋、ベッドに腰掛け垂れ下がるペニスを凝視する。玲奈とも、挿入直後まではよかった。けれどそこが快感のマックスで、以降はどんなに腰を使っても快感は失速してゆくばかりで、まずい、まずいと思っているうちに自分の中心が力を失い、射精しないまま玲奈の中で萎《な》えた。セックスしていてこんな状態になったのは初めてで、中折れとか聞いたことはあったが、まさか自分がそれになるなんて信じられなかった。

玲奈もイッていないのがわかったのか「大丈夫？」と聞いてきた。「無理しなくてもいいよ」とも励まされる。「玲奈のこと好きすぎて、緊張したかもしれない」と適当に言い訳したが、頭の中では「中折れ」の事実がグルグルしていた。ホテルに泊まるつもりだったが、上手くできなかったし一緒にいるのが決まり悪くて「少し体調が悪いかも。明日、早いから」と理由をつけてアパートに逃げ帰った。

そうしてもう一度、現状確認のためにお気に入りの動画で挑んでみたのだ。ちゃんとできるかどうかを……結果、討ち死にしたわけだが。というか、玲奈とした時よりも萎えるのが早かった。

インポテンツという言葉が浮かんで消える。いや、勃起はしかけているからまだそこまではいっていないはずだ。けれど十分にできるという状態にもならない。久しぶりに女としたから緊張して駄目だったんだろうか。精神的なものかもしれないが、自慰でもいけなくなっているなんておかしい。これ、病院で診てもらったほうがいいんだろうか。

ダンとしていた時に、中折れなんてしたことない。出張でタイミングが合わずに一日と間をおかずした時も、最初は気分じゃなかったけどそのうちちゃんと気持ちよくなって射精した。もしダンとしても勃起しなかったら……男として終わっている。間違いなく病院行きの案件だ。

いてもたってもいられなくなり、スマートフォンと財布を鷲摑《わしづか》みにして外へ出た。午後十一時を回っているが、今日中なら許容範囲だろう。タクシーを拾い、ダンのマンションの住所を告げる。

メールをしたけれど返事はない。電話をかけても繋がらないままマンションの前に着く。エントランスを抜け、部屋の前までやってくる。セックス日でもないのに訪ねてきたのは初めてだ。インターフォンを押すと、部屋の中で響いているのに反応がない。ダンはよく二、三日の出張に出る。社長としては多く、ベティは『ダンは自分の目で見て回るのが好きなのよね』と話していた。けれど火曜と金曜でない限り、ダンのスケジュールが自分に教えられることはない。

リダイヤルしようとスマートフォンを取り出したところで「何をしている」と求めていた声が聞こえた。スーツ姿、驚いた顔のダンが背後から近づいてくる。

「メールと電話したんだけど」

声が尖る。ダンは「そうか？」と胸ポケットを探る。スマートフォンはなく、どうも会社に置き忘れてきたようだ。ダンは二台のスマートフォンを所有し、忘れたのはプライベート用のほうだったらしく、何かあれば仕事用のほうにかかってくるからと取りに戻ることはしなかった。

ダンが部屋の中に入り、佐川もあとに続く。鞄を置き、スーツの上着を脱いだ男は「なんの用だ？」と改めて聞いてきた。女とやっても自慰をしても中折れするから、あんたとはどうか試しに来たと本当のことは死んでも言えない。

「……用がなきゃ来ちゃいけないのか」

誤魔化すと、ダンは「そういう意味ではない」と時計を外し、テーブルに置いた。この部屋に来れば、何も言わなくても自然にセックスの流れになる。けれど今日はイレギュラーだから、そういう空気になっていない。そっち方向に話を持っていかないといけないが、どうすればいいのかわからない。いつも自分からアクションを起こさなくても、向こうが近づいてきて勝手に手を出してきていた。

単純に「セックスしたい」と言えばいいのかもしれないが、なんとなく気まずい。とりあえず向こうがそういう空気を読まないかなと思いつつ、ダンの傍に近づいた。こちらを見てはいるけれど、緑の目はヤル気の時のエロい感じがしない。

「……ネクタイをしてないな」

そういえばホテルで外し、鞄の中に突っ込んでからそのままにしていた。

「あれ、窮屈《きゅうくつ》だから」

ダンは佐川の首筋に顔を近づけ、スンと鼻を鳴らした。

「いつもと匂いが違う」

ホテルでシャワーを浴びた時、そこのボディソープを使った。いや、もしかしたら玲奈の匂いが移っているかもしれない。玲奈はいつも甘ったるい匂いがして……深く追求されたら困る。佐川はダンの腕をギュッと摑んだ。顔を見られなくて俯く。

「……家でシャワーを浴びてきた」

ダンが「どうして」と問い返す。

「だからっ」

顔を上げると、緑の目が笑うように自分を見下ろし、耳許に唇を寄せてきた。

「……淫らな尻が疼《うず》いて、俺のペニスがほしくなったか？」

腰に響くような低音で、ここぞとばかりに卑猥に囁く。誰がおまえとなんかしたいもんか。自分の状態を確かめたいだけだ。悔しくて睨みつけると、ダンは佐川の顎に人差し指を添え、親指で唇をなぞった。

「仕事が残っている。先にベッドに入って待っていろ」

軽くキスし、猫の子でもあやすように佐川の頬を撫でてからダンはデスクに向かった。パソコンを起ち上げる。セックスしたくて来たと思われるのが悔しい。なんだか急に帰りたくなってくる。どうせなら次のセックス日まで待てばよかった。けど来てしまったからには、射精できるかどうか確かめたい。でないと安心できない。

バスルームに行き、尻の中を綺麗にする。そうしてリビングに戻ると、ダンはインターネットでテレビ通話をしていた。ニューヨーク本社とのやり取りのようだ。時差の関係で、本社からの連絡は基本、夜に来る。

もうしばらくかかりそうなので、先にベッドに入る。枕に顔を押しつけるとフワッとダンの匂いがした。セックスの時にいつもかいでいる匂い……下半身がむず痒いようにジンジンしてくる。極上のスプリング、シーツの肌触りも覚えのあるもので、リラックスできる。シーツにくるまって横になっている間に、眠気がまとわりついてきた。気だるい誘惑を振り払っているうちにいつの間にか意識がなくなっていた。

目覚めた時、夜景が見えていた部屋には朝日が差し込んでいた。ダンの仕事が終わるのを待っている間に寝落ちしたのだ。間抜けにもほどがある。

隣にある枕は、頭の部分が凹んでいる。リビングに行くと、ダンがルームウエア姿のままソファで新聞を読んでいた。こちらに気づくと「やっと目が覚めたか」と小さく欠伸する。のんびりした態度に腹が立ち「どうして起こしてくれなかったんだよ」と詰め寄った。

ダンが新聞を置き、佐川の腕を摑んだ。強く引っ張られてバランスが崩れ、ダンの膝の上に倒れかかる。そのまま抱き締められた。

「そんなに俺のペニスが恋しかったか？」

間近で自分を見上げる目は、朝っぱらからエロい。

「……もういい。今からだと腰がキツい」

「では入れずに満足させてやる」

有無を言わさず唇が重なる。キスは濃厚で、気持ちよくてじんわりとペニスが痺れてくる。

ダンはルームウエアの胸ポケットからゴムを取り出すと指につけ、佐川の口の中に押し込んできた。言われなくても自分からしゃぶってみせる。唾液で濡れたゴムが口から引き抜かれ、そして尻に回り、ヌチッと中に入ってきた。

「はあっ」

いつもの感覚。知っていても完全に慣れることはできない異物感。中で大きく動く指は、確実に感じる部分を撫でてくる。気持ちいい。やっぱりすごくいい。それに呼応するように、自分のペニスが力強く立ち上がってきた。

それを見て、自分がセックス日でもないのにここへ来た理由を思い出した。玲奈とできなくて、動画でも中途半端で、不能になったんじゃないかと不安に駆られていたけれど……これで射精できたら大丈夫だ。勃起した自身を握り、射精へ導こうとしたのにその手を摑まれる。強く引っ張られて仕方なく手を離す。

「お前は中だけでもいけるだろう」

「そうだけど……」

触るなというダンの視線の圧力が強くて挫折《ざせつ》する。それに中を擦られて気持ちいいから、なんとなくいけそうな気がした。

「早くいきたい」

訴えると、中にある指が激しく動き出した。気持ちいいところを集中的に責められ、震えるほど高ぶってきて、その感覚に身を任せているうちにそこが張りつめてきた。快感が上りつめ、爆発してダンのルームウエアに飛び散る。ハアハアと息を乱す佐川の背中を、ダンは「満足したか」と優しく撫でた。

気持ちよかった。そして何より射精できたことにホッとする。耳の中を舐められて、背中をゾクゾクさせながら、ちゃんと射精できるのにどうして玲奈や動画では駄目だったんだろうとモヤモヤした。やっぱり女とは久しぶりだったから緊張した？　動画は見飽きて、刺激が少なすぎた？　どうして……尻を弄られたらイケたのに。

ダンは自分のペニスでイかせているという感覚が好きなようで、挿入している間は佐川にペニスをあまり弄らせてくれない。触れたくても触れられない状態が続くうちに、触らずにいけるようになって……。

恐ろしい答えに辿り着き、血の気が引いた。もしかして尻の穴を使いすぎて、普通のオナニーや性行為でいけなくなってしまったんじゃないだろうか。もしかしてじゃない。絶対にそうだ。まずい……かなりまずい。このままだと、こんなことを続けていたら、体がおかしくなって本当に女とセックスできなくなる。自分はゲイじゃないのに、女とできないなんて人生がおかしくなる。

背後から抱きかかえられる体勢にされ、腿を閉じさせられる。太腿の間に、ダンはペニスを差し込んでくる。挿入ではなく、素股でいこうとしている。

自分の股の間から顔を出したり引っ込めたりする大きくて間抜けな亀頭を見ながら、佐川は男とのセックスの、思いもよらぬ後遺症に愕然としていた。


七月に入っても梅雨特有の曇り空が多く、昨日からは途切れることなく弱い雨が降り続いている。満員電車の中は普段よりも湿度が高く、不快指数は最高値。おまけに隣に来た野球帽のオッサンの体臭が腐った卵のようで息をするのが辛い。

途中で匂いに耐えられなくなり、駅の乗り降りで大きな人の流れができた隙にオッサンから距離を取った。臭いから解放されてホッと息をつく。ただでさえ憂鬱《ゆううつ》な出社なのに、見ず知らずのオッサンにまで追い打ちをかけられて気分は最悪だ。

昨日は月曜だったが、有給を取って会社を休んだ。土曜日からの三連休、家でゲームをしたり、ネットを見たりとダラダラ過ごした。ダンとは金曜日の夜以降、連絡を取っていない。メールが来ているのは知っているが、内容を見ていないし返信もしていない。

何気なく周囲を見渡した佐川は、すぐ傍に天王寺が立っていることに気づいて驚いた。何年もこの路線を使って通勤しているが、同じ電車に乗り合わせたのは初めてだ。住んでいる町は自分とは逆方向のはずなので引っ越したんだろうか？　それとも彼女の家に泊まり、そのまま出勤というパターンとか……まぁ、あの顔なら女には不自由していないだろうが。

彼女……玲奈の顔が脳裏を過《よぎ》り、忘れていたアレを思い出した。憂鬱な気分が更にズンと沈み込む。先週の木曜日、玲奈とデートをした。好きな俳優が出演する映画があるというので、食事のあとにレイトショーを観に行ったのだ。恋愛映画に興味はなかったが、前回最後までちゃんとセックスできなかったという負い目もあり、お詫びのつもりで付き合った。

映画が終わったあと、手洗いに行き薬を飲んだ。アナルの刺激に慣れすぎて勃起しづらい状態を改善するために、予《あらかじ》め病院で処方してもらっておいた薬だ。勃起はできるので、問題は持続力だけ。全く勃たないより症状は軽いので、少しだけ薬の力を借りれば全て上手くいくはずだった。

万全の態勢だったのに、映画館から玲奈のマンションに向かうタクシーの中で悲劇は起こった。急に全身が痒くなってきたのだ。顔や手足が赤くなり、痒くて痒くてセックスどころじゃない。玲奈には「レストランで食べたものに何かアレルギーがあったんじゃない。病院に行ったほうがいいよ」と心配された。

玲奈をマンションまで送り届け、佐川は速攻で夜間の救急病院に飛び込んだ。原因は食べたものだと信じていたが、医師に「何か薬は飲まれませんでしたか？」と聞かれて、ハッとした。頭に浮かんだのは勃起を促す薬。その薬を使っていると知られるのは恥ずかしい。しかも診察しているのは女の医者だ。言いたくない。けど、けど、次も同じことになったら目も当てられない。返事がないことを怪訝《けげん》に思ったのか、女性医師が首を傾げる。中年だし、若い女よりまだましだと勇気を振り絞った。

「……今日は彼女と一緒にいて、それで薬を飲みました」

抽象的すぎてわからなかったようで、医師は「薬の名前を教えてもらえますか？」と聞いてきた。蚊の鳴くような声で薬品名を告げると、医師は躊躇《ためら》った態度も納得したと言わんばかりの表情で「ああ」と相槌を打った。

「それの影響かもしれませんね。検査をしないとはっきりしたことはわかりませんが、あの薬には他にも重篤《じゅうとく》な副作用があります。体に合わないなら使わないのがベターです」

頼みの綱の「薬」という道も断たれて、佐川は絶望した。転職も考えている今、親が社長の玲奈という優良物件は絶対に逃したくない。けれどセックスできない不能と知られたら、結婚どころか捨てられるかもしれない。

病院から家に帰るタクシーの中、痒みがおさまらない腕をボリボリと掻きながら考えた。尻の穴を弄れば勃起も射精もできたので、原因はそこの使いすぎだとはっきりしている。玲奈とする際、問題は勃起が持続しないことなので、そこが薬でなんとかなるならいいと思っていたが、その方法が潰《つい》えた。

今はダンと定期的に寝ているからそうなるだけで、奴がアメリカに帰って関係が解消され、女とするようになれば、自然と治るだろうか。

けれどももし治らなかったら？　ダンとしなくなっても、女と上手くできなかったら？　薬も合わないとなったら打つ手がない。下手したら、それが原因で結婚できなくなるかもしれない。たとえ結婚してもこの状態だと、妻になる女に加え、その両親にまで自分は「できない男」「不能」のレッテルを貼られる。「男」という生き物として終了する。そんなのは絶対に嫌だ。

ダンの任期が終わるまでとか、のんびりしていられない。五百万とかもうどうでもいい。今すぐ尻を使うのを、男とのセックスを止めないと、取り返しがつかなくなる。

痒みにのたうち回った木曜日から、ダンに契約終了をメールで伝えた金曜日、ダラダラ過ごした三連休の間も、ずっと考え続けている。どうしてこんなことになったんだろうと。希望通り本社に引き抜かれて給料も上がり、支社の人間からは羨望の眼差しで見られているのに、本社の管理部は自分には合わない。転職したいと思うほどに。

こんなことになるなら、体を張ってまで本社に移ることはなかった。最初からコツコツ逆玉狙いで玲奈のような女を捜したほうがよかった。

天王寺の横顔が視界に入る。周囲の人間よりも背が高いのでいやでも目立つ。こいつぐらいの英会話スキルがあればもしかしたら本社でも楽しくやれたかも……と思う自分が嫌になる。同僚には気づかなかったことに決め、スマートフォンを取り出す。ゲームでもやって気を逸らさないと、憂鬱なことばかり頭に浮かんできてメンタルが沈む。

アプリを開いたところで電車が大きく揺らいだ。咄嗟に足を踏ん張り、人との衝突は回避する。セーフと息をついて顔を上げると、運悪く気づかない予定だった同僚と目が合った。あぁ、見つかった。

「あれっ、佐川？」

驚いた目が細められ、ニコリと俳優のように口角を上げて微笑む。ガムか歯磨きのＣＭのような白い歯がキモい。

「おはよう。同じ電車だったんだね」

面倒くさいなと思いつつ「お前、どうしたの？　家、逆方向だろ」と相手をしてやる。

「法事があってね。実家から直接来たんだ」

色っぽい話ではなかった。そういえば営業で一緒に働いていた頃から、モテる割に誰かと付き合っているという話を聞いたことがなかった。

また電車が大きく揺れる。前後に立つ乗客でサンドイッチにされた天王寺は「混んでるね」と苦笑いする。

「いつもこんなものだけど、雨だと余計に鬱陶しいな」

乗換駅で膿《うみ》が吐き出されるように人が捌《さば》ける。パーソナルスペースが広くなり、息苦しさからやや解放される。ネクタイのノットを直し、天王寺は「そうだ」と佐川を振り返った。

「俺、本社に異動することになったんだ」

意気揚々《ようよう》とした顔で報告してくる。天王寺が本社？　支社から本社への引き抜きは数年に一度のはずで、こんな短いスパンで二人目とか信じられない。動揺を隠せず「マジで？」と震える声で問い返す。

「来年の一月からだけどね。海外勤務に興味があるから、すごく嬉しくてさ」

こういう場合、元同僚として最適な言葉はなんだ？

「おめでとう、よかったな」

定型文のような自分の言葉が空虚に響く。

「ありがとう。秘書の予定だけど、最初は管理部付になると言われているんだ。佐川がいてくれると思うと心強いよ」

天王寺の異動はおかしくない。仕事もできるし、英語もネイティヴ並。けれど自分が引き抜かれてから半年後なんて、期間が短すぎて不自然だ。もしかして天王寺も自分と同じように本社の誰かに取り入ったんじゃないだろうか。

「ベティがお前のこと気に入ってただろ。もしかしたらそっちのほうからの推薦かな」

探りを入れる。そこに決まり悪さや後ろめたさのような感情が浮かび上がってこないかどうか、爽やかな男の横顔を窺う。

「少し前、佐川がアダムス氏を営業部に案内してきたことがあっただろう」

セクハラな金髪、ヒューイ・アダムスの顔が脳裏に浮かぶ。

「カーター氏の任期は年内いっぱいで、次はアダムス氏が日本支社の社長になるそうだ。俺を推薦してくれたのはアダムス氏で、就任後は社長秘書として全面的にサポートをして欲しいと言われてるんだ」

支社の視察、ほんの数分の会話であのセクハラ金髪男は天王寺の語学力、能力を見抜いたのだ。一歩先を歩いていたのに、本社に引き抜かれるために高い代償を支払ったのに、天王寺は実力で、いとも簡単に手に入れてしまった。そして天王寺の能力にはベティも一目置いている。奴が管理部に来たら比較されるのは確実。今以上にどんどん孤立していく自分の姿が見える。

「自分で大丈夫なのか不安だけど、頑張るよ」

天王寺が異動してくるという事実は、自分にとって悲劇でしかない。やっぱり辞めたい。天王寺が管理部に来るまでに辞めたい。

目的地は同じなので、会社まで一緒に出勤する。天王寺は支社の営業部のある階で降り、自分は本社のある十六階まで上がる。いつものような優越感はない。

あこがれの本社管理部、今日も一日ストレス満載の職場に足を踏み入れる。パソコンを起動する気にもなれない。気分の乗らない日は、室内に飛び交う英会話が苛立った神経を逆撫でする。

『サカワ』

ベティが傍にやってくる。出社早々、何を言われるんだろうと警戒しつつ『なんでしょうか』と顔を上げる。

『社長室に来るよう、ダンの秘書から連絡があったわ』

そうきたか……とため息が出る。金曜日の夕方、ダンに『契約を一年間継続するとしていましたが、今日をもって終了させていただきます。ご了承ください』と事務的なメールを送ってマンションに行かなかった。その後、何度かメールが来ていたが、一度も開いていない。日曜以降、メールはぴたりと止まっていたので諦めたかと思っていたが、やっぱり甘かった。

『急ぎだそうよ。早く行って』

ベティに急《せ》かされ、仕方なく椅子を立つ。すごく嫌だけど、一度は面と向かって話をしないと向こうも納得しないような気はしていた。ただ自分の立場を利用し、就業時間中にコンタクトを取ってくるとは思わなかった。社内では滅多《めった》に顔を合わせることはなく、言葉を交わしたことも殆どない。

『ぐずぐずしないで』

ベティに怒られ、イラッとしながら社長室へ向かう。社長付の日本人秘書は佐川の顔を見ると、名前を確認することなく「社長がお待ちです」と立ち上がり、社長室のドアをノックし「佐川さんがいらっしゃっています」と告げた。

「中へ」

閉じられた扉の向こうから聞こえる声。秘書はドアを開け「どうぞ」と佐川を中へ促した。二人きりになるのが嫌で、秘書が一緒についてきてくれないかと期待したけれど、佐川が社長室に足を踏み入れた時点でパタリとドアの閉まる音がした。

ダンはパソコンに向かっていて、こちらを見ない。呼びつけておきながら、無視する。……いや、仕事が一区切りつくまではと思っているのかもしれない。

初めて入る社長室は、ダンの部屋に似てとてもシンプルだった。デスクはオーク調で装飾がなく機能重視、椅子も長時間座っても疲れないことが売りの専門ブランドだ。ソファも一目で海外の有名デザイナーのものだとわかる高級品だが、どれも色味が少ないので無機質な印象だ。硝子張りの窓から見える景色が、このそっけない空間を少しだけ和らげている。

座れと勧められないし、自分も長居はしたくなかったので目の前にあるソファには座らずに待つ。窓の外にカラスが飛んでいるのが見えて、お前はいいなあとかつまらないことを考えているうちにギギッと音がし、ダンが椅子から立ち上がった。こちらに近づいてくるその顔は、いつものように無表情だ。けれど全身から不機嫌な空気が漂っている。多分、怒っている。長く傍にいたので、それくらいの判別はつく。

「なぜメールの返事をしない」

尋問はそこから来た。

「メールをくれてたんですね、すみません。スマホが壊れて今、修理に出してるんですよ」

適当に理由を捏造《ねつぞう》する。

「契約終了に至った理由はなんだ」

本題に入る。メールの返信をしなかった理由は、わざとらしいアレで納得したらしい。

「そろそろいいかなって気分になったんで」

女と上手くセックスできなくて、なぜかと思ったらどうも尻の使いすぎが原因だった。だからあんたとの関係を解消したい……が本音だが「もういいかな」と感じたのも嘘じゃない。

ダンがもう一歩近づいてきた。平手打ちできる距離で睨みつけられ、猛獣を前にしたような威圧感で腰が引けた。

「正直に話すなら、穏便《おんびん》にすませてやる」

「な……にが穏便だよ。最初から契約だっただろ」

声が震える。

「半年で本社に引き抜き、もう一年プラスしたら五百万っていうさ。俺は五百万の分を途中解約するって言ってんだよ。あんたもただで男とやれたことになるんだから、もういいだろ」

胸ぐらを摑まれた。殴られる……と思って咄嗟に目を閉じたが、予想した一撃は来ない。指が離れる気配に、そっと目を開ける。自分を見下ろすダンの目は、視線で殺されかねないほどの剣《けん》呑《のん》さを孕《はら》んでいる。社内で男との修羅場《しゅらば》とか最悪だろ。

「理由を話さなければ、お前を即刻解雇する」

権力を行使し退路を塞いだ脅しに、カッと頭に血が上る。

「そんなの契約違反だろ！」

「理由を話す、話さない云々はもとから契約に含まれていない。気に入らないなら俺を訴えろ。体で男の上司に取り入ったと人前で堂々と言えるのならな」

最初に作った契約書は、本当にただの紙切れだった。それをダンもよくわかっていたんだろう。それでも引き抜くという契約は実施された。残りの半年も続けていたら、五百万は支払われていたに違いない。そういうことをケチる男じゃない。

メールで納得してくれない、契約解消の理由を話せとこの男がゴネるのは自分のことを気に入っているからだ。いつの間にか恋人のように扱われていたし、契約が終われば付き合って欲しいと言われそうな気がしていた。

このまま黙っていたら、本当にこの男は自分を解雇するんだろうか。社長だし、それだけの権限はある。明日から無職なんて嫌だ。家賃も払えなくなる。もしかしたら玲奈が父親の会社に入社できるよう口添えしてくれるかもしれないが、クビになったのと、その会社に入りたいから退職したのとでは印象に雲泥《うんでい》の差がある。

会社を解雇され、玲奈の父親の会社にも入れなかったら自分は何もかも失ってしまう。しかも不能気味のおまけつき。最悪だ。かといって、尻の使いすぎで女とのセックスができなくなった……なんて本当のことは絶対に言いたくない。それならダンが納得するだけの理由がないと……。

佐川は歯を食いしばった。そして殴られることを覚悟でダンの顔を見た。

「……好きな人がいる」

緑の瞳が驚いたように大きく見開かれた。

「その子と結婚したい。だからもう男とセックスしたくない」

嘘ではない。ダンは口も半開きのまま言葉を失っている。第三者の存在なんて、微塵《みじん》も疑っていなかったようだ。週二であれだけ濃いセックスをしていれば、他が入る余地なんて考えもしなかったんだろう。ダンの右手がゆっくりと動き、額を押さえた。

「それは女か？」

男と寝る男が全員、ゲイだと思っているんだろうか。最初から男は経験ないと知っていたはずなのに今頃何を言い出すのだ。

「そう」

「いつからだ」

ダンが低く唸る。玲奈と出会ってから実際は一か月半くらいだが、それだと短すぎる気がして「三か月」と嘘をついた。

「俺は契約違反はしてないから。彼女を作っちゃいけないなんて条件はなかったし」

ダンは怒るでも怒鳴るでもなく、しばらく無言だった。広々とした社長室がそのまま水槽になり、水圧をかけられているような息苦しさを覚える。

ダンがいきなりデスクを蹴り飛ばした。ドガッと大きな音がして、黄金比のように配置されていたそれが斜めになる。激しさに、佐川は直立不動のまま動けなくなった。ダンは斜めになったデスクの周囲を苛々とした足取りで一周すると、上に置いてあったパソコンをなぎ払った。窓際の壁まで飛んでいったパソコンは、ガシャンという音と共に床に落ち、破片が飛んだ。どこか割れたのかもしれない。

モノにぶつけられる怒りが、いつ自分に向かってくるだろうとビクビクしていたが、内線の呼び出し音でダンは我に返ったように見えた。受話器を取り「こちらに繋げ」と指示する。繋がった電話で二分ほど会話したあと受話器を置く。そして佐川を振り返ると「行け」と右手を振った。しつこい犬でも追い払うような態度にイラッとしたが、その不快感よりもこの空間から逃れられる解放感のほうが何倍も勝っていて早々に社長室を逃げ出した。

後味の悪さは残るが、これで終わった。多分、終わっている。さっきは理由を話さないと解雇すると人を脅していたが、女の存在を話したら黙り込んだ。あとからいきなり解雇通知を受ける可能性はある、約束を違《たが》える男でもないから大丈夫だろう。

こんな気まずいことになるなら、本社に引き抜いてもらった時点で関係を終わらせておけばよかった。五百万につられて契約延長してしまったことを後悔する。けどあの時は、必要以上に気に入られるとか、体がおかしくなるなんて予測できなかった。結局、半年は犯られ損になってしまったが、それはもういい。

管理部に戻る前、気持ちを落ち着けたくて喫煙所に向かった。仕事は始まったばかりなので人はいない。煙草に火をつけようとして、指先が震えているのに苦笑いする。ようやくついた火、深く煙を吸い込むとニコチンがじわっと肺と心に染みる。

「契約なのにマジになるとかないわ」

机を蹴ったりパソコンをぶっ壊したりとかなりヤバかった。まぁ、人じゃなくモノに当たっただけまだマシか。

最後が怖かったけれど男との関係も終わった。あとはペニスの反応さえ戻ってくれれば、全てがもと通りになるはずだった。

目の前を行き過ぎた、薄茶色の髪にギョッとして足が止まった。腕を組んで歩いていた玲奈が「どうしたの？」と見上げてくる。

薄茶色の髪の男が振り返る。顔はアラブ系の濃さで瞳は黒。別人だ。ホッと胸を撫で下ろす。

「前を歩いてる外国人が職場の同僚に似てたんだ。本人かと思ったけど、違ってた」

「旅先で会社の人には会いたくないよね〜気を遣うし」

玲奈はフフッと笑う。振動で手にしていた傘がゆらりと揺れた。

「天気が悪かったのは残念だけど、これだったら堂々とくっついていられるね」

満足げな彼女をよそに、佐川は気を遣って玲奈に多目にさした傘のせいで、自分の右肩が濡れて冷たいのがずっと気になっている。

先週、玲奈から「金沢《かなざわ》に一泊旅行に行かない？」と誘われた。大学時代の友人が金沢で銅版画の個展を開催することになり、招待状が来たからと。旅行の話を振られる前に「来週の土日って空いてる？」と聞かれ「予定はないけど」と返事をしてしまっていたから、断ることもできなかった。泊まりたくなかったので「金沢なら日帰りできそうだね」とさりげなく提案したが、玲奈に「泊まってみたい宿があるから」と言われてしまった。

薬の副作用で蕁麻疹《じんましん》が出て以降、玲奈とは寝ていない。気を遣ってか、向こうも言い出してこないが、この一泊旅行が「再チャレンジ」の雰囲気なのは佐川も感じ取っていた。あれから地道にリハビリを続け、前だけを弄って射精できるように頑張っているがなかなか上手くできず、最終的に尻を弄ってのフィニッシュが続いていた。

自分のそこに改善の兆《きざ》しはみえないが「セックス問題」を避けて通ることはできない。高級旅館に一泊すると決めてから、これはもうプロに頼むしかないと風俗でも容姿は問わずに手技の上手い子に任せてみたが結果は同じ。勃起してもすぐに萎れて絶望した。

年齢を十歳はサバを読んでそうな顔のテクニシャンの女の子が、佐川の持続力のなさを見て「前立腺マッサージしようか?」と提案してきた。

「前立腺だとイケる人ってけっこう多いよ」

それを聞いて、相手はプロなんだと今更ながら気づかされた。自分のようにイケない男を何人も見てきているなら、何かアドバイスをもらえるかもしれない。

「そこは感じるけど、そこで感じないで勃起と射精がしたいんだ」

打ち明けると、女の子は考え込むように腕を組んだ。そして「前立腺、試してみていい?」と聞いてきた。結果、中から擦られると勃起するものの、そこに何か入っていないとすぐに萎えてしまう。

「抵抗なかったら、コレを使ってみない?」

その子はピンク色のローターを取り出した。それはダンとセックスするようになった最初の頃、何度か使われたことがあったが、ダン自身を受け入れさせられるようになると、出番がなくなっていた。

「男の人でも、上手くコントロールできないって時にこれを使ってる人はいたよ」

アナル好きだった大学の先輩を思い出す。この子も使っている男はいると話しているし、ここじゃ「よくあること」で別に恥ずかしいことじゃないんだろう。そんな「よくいる」「初対面の男」が使ったところで、この子の記憶にも残らないに違いない。

勇気を出して使ってみた。中にあるという異物感が気持ちいい。振動を加えると快感が高まってきて、久しぶりに最後までちゃんとできた。やっぱりプロの意見はすごい。これを使えば、自分は玲奈ともできると希望の光が見えた。

さっそく、佐川はローターを購入した。そんなものを入れていると知られるわけにはいかないので、無線で、とにかく音が静かな物を選んだ。ただどれだけ「静か」と謳《うた》われていても、振動させると音が聞こえる。何度か尻の中に入れて試したが、スイッチを入れて動き出すと静かな部屋に微かな異音が響いた。振動させなくても気持ちいいが、動かさないと勃起は持続しない。スイッチを入れるのは挿入から射精までの短時間で、その間は音がバレないように、どうにか誤魔化すしかなかった。玲奈が喘ぎ声のでかい女ならいいが、前に途中までやった時は大きくも小さくもない普通だった。テレビをつけっぱなしにするのが無難だが、ラブホではない高級旅館でAVの番組があるかどうか、それを流しっぱなしにできるかという問題がある。

結局、音問題が解決しないまま旅行当日を迎えた。金沢は雨だし、夜のことが気になって観光を楽しむ気分になれない。銅版画の個展も、玲奈は「すごいよね」と言っていたが、前衛的すぎて意味がわからない。東京で個展をしないというより、できないというのが正解なんじゃないかと思ったが口にしなかった。

個展を見たあと、玲奈が行きたがるので現代的な美術館まで足を運んでみるも、子供だましのように感じてしまい面白くなかった。もともと現代アートに興味がない。トイレに行くと嘘をついて玲奈の傍を離れ、喫煙室で煙草を吸った。つまらない女に、つまらない旅。そしてストレス満載のセックス。自分の中の不満が、煙草の煙にまとわりついて湿気った空気の中、立ち上っていく。なんのために自分はここにいるのか疑問が浮かぶ。これなら家でダラダラとゲームでもしているほうがマシだったんじゃないのか？

英語が聞こえてきて、フッと振り返る。白人で初老の二人づれ。男女なので夫婦だろうか。ここは外国人の観光客を多く見かける。女のほうは早口なので聞き取りづらいが、男は「素晴らしい」的なことを話している。

ダンの顔が頭に浮かぶ。セックスの相性はよかった。仮にあの男が女だったら、社会的地位もあり、金持ちでエロくて……理想の物件だったんじゃないだろうか。

くだらない。子供のたとえ遊びのようなことを考えるのはやめ、玲奈の傍に戻る。匂いが残っていたのか「煙草、吸ったでしょ」と一発でバレたが、怒られることはなかった。

会社を辞めたい、辞めたいと思いつつ踏み切れないのは、今辞めてしまうと必然的に玲奈の父親の会社に就職という線が濃厚になるからだ。そうなったら結婚の二文字が具体的になってくる。そして自分は玲奈に「決める」のを躊躇っていた。悪くはないけど、そこそこ可愛いけど、一緒にいてつまらない。もっと高条件のいい女がいるんじゃないかと未来に期待するのをやめられなかった。

夕食は金沢でも隠れ家的な料亭を予約してあった。出てくる魚貝は新鮮だし、味付けは京風で品がある。憂鬱な旅行で、唯一といっていい楽しめる時間だった。

そして午後十時過ぎ、旅館に戻った。部屋は和風だが、置かれているのはモダンな二つのベッド。そんなものにすら無言のプレッシャーを感じている自分がヤバい。

玲奈に先にシャワーを浴びさせ、佐川はあとに入った。バスルームの鍵をしっかりと締め、手早く体を洗い、ダンとする時のように尻の中も清めた。潤滑油をつけたピンク色のローターを尻の中に挿入すると、それだけで感じて勃起しそうになる。滑り出しは順調だ。

無線のローターには紐がついているが、そんな尻尾みたいにブラブラしたものを玲奈に見せるわけにはいかず、これなら取り出せるだろうという浅い部分に押し込んだ。リモコンのスイッチを入れてみたが、いい感じでブルブル疼く。動作確認もオッケーで、一旦電源を切った。まるで戦場に赴《おもむ》くような気分で自分自身に気合を入れ、リモコンを手の中に握り締めて佐川はバスルームを出た。

「遅かったね。中で具合でも悪くなってるんじゃないかって心配しちゃった」

玲奈は旅館の浴衣姿で、そういうのは古臭いと思っていたけれど、少しだけ着崩れている姿は雰囲気がある。煽られる。『あ、これだったら俺大丈夫だわ』その瞬間、佐川は確信していた。


電源を入れなくてもイけると思ったから、音を誤魔化すためにテレビをつけるという小細工はしなかったが、自分のソコを甘く見ていた。

興奮しているのに、やはりどこかプレッシャーが残っていたのか、愚息《ぐそく》は半勃起のままでなかなか完全な形にならない。

今こそ尻の中に仕込んだアレの出番だが、音がない。最初からならともかく、やっている最中にテレビをつけると『無神経』とか『私とするのが退屈なの』と思われそうだ。

自分が気になるだけで、音は意外と大丈夫かもしれない。必要最低限だけ使い、終わったらすぐにスイッチを切ればいい。佐川は枕の下に腕を入れ、そっとリモコンのスイッチを入れた。ブブブと中でソレが振動し、下半身にダイレクトに刺激がいく。

気持ちよくてそこがグンと張りつめてくる。動きの設定は極小だが、これで十分いけそうだ。ただやっぱり音は気になるので、わざと派手な音をたててキスした。そろそろ挿入できそうな状態になってきた頃、玲奈が「ねえ」と視線を左右に泳がせた。

「なんか変な音がしてない？」

背中にドッと冷や汗が浮かぶ。ブブブという微かな音は、佐川の耳にも聞こえていた。

「そう？　俺は聞こえないけど」

早くやり遂げようと先端をあてがう。けれど玲奈の指摘でビビッたのか、手の中のそれがみるみる萎えていく。マズい。音が大きくなるけれど、もう少しだけ振動を上げて……枕の下のリモコンを弄っていると、玲奈が体を捻って横向きになった。

「……やっぱり聞こえる。スマホのバイブみたいなの」

玲奈はソワソワと落ち着かなくなる。

「友達がラブホで盗撮されたって前に話してた。隠しカメラとかあったら嫌だ」

「ラブホの話だろ？　こういう旅館にそういう仕込みがあるわけないじゃん。こっちに集中しろよ」

強引に押さえつけると、玲奈はおとなしくなった。けれど肝心のモノが萎えかけて挿入は無理。

力を取り戻すまで小休止状態になる。キスや愛撫を続けるけれど、気分も乗らない上に焦っているせいか、なかなかそこが固くならない。玲奈に指摘されるまでもなく、ローターの音が自分でも気になって仕方ない。

上半身を反らせ、可愛く喘いでいた玲奈が「んっ」と小首を傾げた。

「これって何?」

玲奈が手にしていたのは、枕の下に隠していたローターのリモコン。佐川は血の気が引いた。奪い取ろうとしてのしかかると、玲奈は「えっ、やだっ」とリモコンを握り締めた。

ローターの動きが一瞬でほぼマックスになる。よりにもよって振動の調節ボタンを押されたのだ。尻の中の強すぎる刺激に、佐川は「ひいいっ」と悲鳴をあげて背後にのけぞった。

「ちょっと、どうしたの」

玲奈はリモコンを放り出す。それは隣のベッドの下に転がり込んでいった。家で試しにローターを使った時、一応マックスまで試してみた。笑ってしまうほど刺激が強くて「無理。使えねェわ」とすぐにやめた。

「ひっ、ひっ……」

声が止まらない。気持ちいいけど、駄目だ。これは駄目だ。腰がおかしくなる。とにかくローターを止めないと。わかっているのに、刺激が強すぎてろくに膝が立たない。佐川は四つんばいのまま床に降りた。ベッドの下を覗き込むも、床との隙間は十センチぐらいしかないし、眼鏡をかけていないから、奥は見えない。リモコンを取り出すには、長い棒のようなもので引き寄せるか、ベッドを動かすか……部屋に何かなかったか、何か……あ、ハンガーならクローゼットにある。それでベッドの奥まで届くのか？　それよりも中にあるコレを取り出すほうが早いかも……。

「良祐君、変だよ。何か取り憑《つ》かれてるみたい」

玲奈は涙声だ。自分は何もおかしくない。お前が……お前がリモコンをマックスにして、ベッドの下なんかに放り込むからこんなことになった。お前のせいだ。お前の……。

「誰か呼んでくる」

慌てて振り返ると、全裸だった玲奈がいつの間にか浴衣を着ていた。この状態を他人に見られるなんて冗談じゃない。

「良祐君は気づいてないかもしれないけど、おかしいよ。この部屋、気持ち悪い」

「まっ、待てよっ」

尻の中で暴れるそれを我慢し、ベッドの端に摑まりながらよろよろと立ち上がる。

「なっ、何もおかしくなんかないだろ」

「絶対に変だって！」

叫びながら玲奈はじりじりと後ずさる。部屋を出て行こうとする気配を察し、慌てて細い腕を摑んだ。

「嫌だ、離して!!」

玲奈は腕を振り回して暴れる。揉み合っているうちに、細い肘が佐川の腹にドッと入った。痛くて全身にグッと力が入り、前屈みになる。その瞬間、ずるりと抜ける感覚があった。慌ててそこを締めようとしたけれど間に合わない。

ボタッと床に落ちたピンク色のソレは、ブブブ、ブブブと大きな音をたて佐川の足の間で芋虫

のように蠢《うごめ》いた。玲奈は口をぽかんと開け、ピンク色のソレを凝視している。慌てて右足で踏みつけようとしたが、親指の先で弾いてしまいゴロゴロと玲奈の足許まで転がった。

玲奈は頭を上げ、佐川の顔を見る。その目に「変だ」「怖い」と怯えていた名残りはない。

「……これって、ローターだよね」

普段は少し高いと感じる玲奈の声がとてつもなく低い。

「しっ、知らない」

冷たい目が「嘘だ」と言っている。

「おっ、俺のじゃない」

玲奈の目の前でローターを産み落としても、認めてはいけない。

「何かの間違いだよ」

自分で自分が何を言っているのかわからなくなる。下手な言い訳に、玲奈の顔からどんどん表情が消えていく。

「これには理由が……」

玲奈の肩に触れると「嫌っ」と怒鳴られた。

「触らないで、変態！」

暴言にショックを受け、体が動かなくなる。玲奈は部屋の奥に行くと、こちらに背を向け荷物をまとめ始めた。えっ、今から出て行くのか？　まさか、まさか……呆然とその後ろ姿を見ているうちに、ピンク色のアレがのたうち回るブブブという音が自分の中でどんどん大きくなっていった。燃えるような怒りがこみ上げてきて、取り出し用の濡れた紐を握り締め、勢いよく床に叩きつけた。振動と一緒になり、まるでこちらを嘲笑うようにローターは跳ねる。四度目でガゴッと割れて中の電池が吹き飛び、ようやく静かになった。

ハアハアと肩で息をしながら顔を上げると、玲奈が自分を……道端に落ちた犬の糞でも見るような目で見下ろしていた。

髪は乱れ、ワンピースの下は素足。胸に小さめのボストンバッグとハンドバッグをまとめて抱えている。

「今からどうするの」

返事をしてくれない。

「どこ行くの」

近づくと、玲奈はじりっと後ずさる。俯き加減に「帰る」とだけ呟く。

「帰るって言ってもさ、もう夜中の十二時だよ。新幹線もないし……」

玲奈の視線が、自分が握り締めている紐と割れたローターの破片に注がれている。慌てて放り出し「俺の話を聞いて欲し……」と話しかけたが「ごめんなさい」と鋭く遮《さえぎ》られた。

「ごめんなさい」

「どうして謝るんだよ」

「ごめん、無理。生理的に無理」

殴るよりも強烈な一言を残して、玲奈は部屋を飛び出して行った。全裸で一人取り残されて座り込む。どうしよう……と思うけれど、想像を絶する最悪の結果に、自分でも何をどうすればいいのかわからない。粉々のローターを見ていると吐きそうになり、ムカムカするのを堪えて破片を掻き集め、ゴミ箱に捨てた。けれどこれが清掃員に見つかったらと思うと気が気ではなくなり、拾い上げてビニール袋に入れて鞄の底に隠した。

ひとまず旅館の浴衣は着たが、一人には広すぎる部屋は身の置き所がない。やっぱり玲奈の誤解だけは解いておきたくて、スマートフォンを握り締める。言い訳を書こうとして指が止まる。何をどう理屈をこね回しても、ローターを使っていたことを正当化できない。勃起しづらいから治療の一環だと言えば「不能」にされ、入れるのが好きだと書いたら「変態」の証明になる。

結局、理由は何も書けず「あれは誤解だ」「君だけを愛してる」「もう一度話がしたい」と連続でメッセージを送った。既読にはなったものの、玲奈から返事はない。我慢できなくて電話をかけても繋がらない。絶対にウザがられるとわかっていても、それしか手段がなくてSNSでメッセージを送り続けていると、そのうち既読もつかなくなった。

見つかったらヤバいとわかっていたけれど、あそこまで最悪なバレ方をするとは思わなかった。リモコンがベッドの下に入った時点でトイレに駆け込み、取り出して壊せばよかった。あの時はとにかくリモコンでローターの振動を止めないといけないということで頭がいっぱいになって、他の上手いやり方を思いつけなかった。

風俗の子はアナルマッサージやローターを使うことに慣れていたし、ダンはよがる自分を見て楽しんでいた。それがおかしくない人間ばかりと接していたから、油断していたのかもしれない。普通の感覚を持つ人間からすれば、ああいうのは普通ではないんだと思い知らされた。

玲奈の許しが欲しくて、スマートフォンを握り締めて返事を待っているうちに朝になっていた。SNSの画面を開く。玲奈の既読はまだつかない……ブロックされているのかもしれなかった。

最悪の金沢旅行から帰ってきた翌々日、玲奈とのトーク画面に一気に既読がついた。そして「趣味的なものが合わないと思います」という丁寧な文に添えて「これでお付き合いを終わりにさせてください」と別れの言葉が送られてきた。「考え直して欲しい」「もう一度、話をさせて欲しい」とメッセージを送ったが、再びブロックされたのか半日経っても既読がつかないし、電話も繋がらなかった。できることならやり直したい。けれど会いたくないような気もする。犬の糞を見るような視線に自分が耐えられそうになかった。

ローターを使っていたのがバレて、生理的に無理と言われたのが精神的にかなりキていたのか、前よりも更に勃起しづらくなった。風俗の子にアナルを弄ってもらっても、固くならないまま射精することも多い。調子が悪くても、風俗だったら向こうも仕事だと割り切っているが、リアル彼女はそうもいかない。なんとかしようと焦れば焦るだけ、頑張れば頑張るだけどんどん反応が悪くなっていく。このままじゃ本当に不能になるんじゃないかと怖くて仕方ない。リハビリの風俗すら、ストレスになって出かける前は胃が痛い。

恐怖と不安のあとにやってくるのは、自分をこんな体にしたダンへの怒りだ。社長室で決別したあと、ダンからのコンタクトは一切ない。顔を見たのも、会社のエントランスで一度だけ、自分はあっさり「平社員」という存在に戻っていた。

本社に引き抜いてもらう条件だった最初の半年はともかく、五百万をエサに相手をした期間は、契約破棄したので無料で奴を楽しませてしまったことになる。本社に引き抜かれた時点でやめておけば多分、ここまで体はおかしくなったりしなかった。自分だけが損をして外れクジを引いているようで悔しい。

転職も考えていたのに、社長の娘という好条件の玲奈にも振られ、悪いことばかりが自分に波状攻撃を仕掛けてくる。最悪。最悪だ。

だからといって、何もしなければこのままだ。最悪の状況からなんとか抜け出したい。第二の玲奈を見つけないといけないと、頻繁に合コンに顔を出しても、親が社長で美人という玲奈レベルの子はいない。はっきり言ってクズばかりだ。十市にセッティングを頼み、以前ならパスしていたレベルの低そうな集まりにも参加しているから、そのせいもあるかもしれない。

先週、親が重役だというそこそこ可愛い子をようやく見つけた。向こうもこちらに気がありそうな素振りで、連絡先も交換できた。そろそろ食事や映画に誘ってもいいタイミングだが、切り出せない。感じがいいからこそ二人で会うのが怖い。関係を進めるのを躊躇《ちゅうちょ》する。下半身が改善していればいいが、状況は悪化の一途《いっと》。まともにセックスもできない男だと知られたら、その子に振られるんじゃないだろうかと怖くなる。結局いい子を見つけたところで、自分の下半身をどうにかしない限り問題は解決しない。

その子をSNSのやり取りだけで必死にキープしつつ、勃起しないペニスに失望する。いつもと通りになるのかわからず、先の見えない暗い森をとぼとぼと歩いているようで気分が沈む。

グダグダしているうちに八月が終わり、九月になった。一週目の水曜日、出勤するとその日も同僚であるエバンの姿が見えなかった。月曜から三日連続で休んでいる。土日を合わせると五連休だ。遅い夏休みを取っているのかもしれない。

佐川は、仕事で一つだけエバンに確認したいことがあった。休みの間は仕事を先に進められないので微妙に苛立つ。管理部の出勤スケジュールを確認すると、エバンは今週いっぱい休みの予定になっていた。

他の仕事を黙々と進めているうちに責任者のチェックが必要な書類が出てきた。先に仕上げておこうとベティのデスクに行くと、サイドテーブルに出勤表が無造作に置かれていて、エバンの長い休暇予定が目立っている。

『ＯＫ、チェックしたわよ』

ベティに声をかけられ、ぼんやりしていた自分に気づく。

『エバンは来週まで休みなんですね』

『そうよ。彼に何か急ぎの用でも？』

仕事の確認はあるが、帰ってきてからでも間に合う。休暇中に会社から連絡をされるのは嫌だろう。

『あ、いえ……長いなと思って』

ベティは『そうかしら？』と頬杖をついた。手首につけた二連のブレスレットがカチャリと小さく鳴る。

『彼、沖縄に遊びに行っているはずよ。小さな島を恋人と一緒にゆっくり巡るんですって』

『彼女とですか？　いいですね』

それはよくある会話の一つだったが、ベティは『エバンはゲイで、パートナーは男性よ』とさらりと口にした。頭で考える前に『気持ち悪い』という感情が強烈にこみ上げてきた。

「マジかよ……最悪」

日本語だったのに、傍にいたミハイルが振り返った。ベティも日本語は得意ではないくせに意味がわかったのか、怖い顔でこちらを睨みつけてくる。

『言葉に気をつけて』

『なんのことですか?』

適当にしらばくれる。

『今、悪い言葉を使ったでしょう』

『冗談にいちいち突っかからないでくださいよ』

軽口にムキになる上司という図式でやりすごそうとしたが『言葉は大事よ。それで人間関係が激変することもあるの。あなたも気をつけなさい』とベティにきつく叱られた。反論すると余計にこじれそうで、モヤモヤを抱えたまま無言で席に戻る。

ゲイは気持ち悪い。本当にそう思ったんだから仕方ない。本音を口にして何が悪い。本人に直接言ったわけじゃないんだからため息のような愚痴ぐらい聞き流せ。怒りの火種のようなものを腹に抱えたまま仕事をし、午後一時と遅い時間にランチをとった。本社は昼休憩の一時間はどのタイミングで取ってもいいことになっているので、佐川はいつも一時から二時頃、店のランチタイムが過ぎる頃を狙って休んでいた。

外のカフェで昼をすませたが、日差しが強くて会社から店への数分の距離で背中にじわっと汗をかいた。社内に戻ると冷房に心地よく取り囲まれ、生き返る。部署に戻る前に一服と思い喫煙室へ向かっていると、曲がり角の向こうから英語の会話が聞こえてきた。片方はベティだ。相手が誰かはわからない。

本社の社員は誰も喫煙しないので、支社フロアの三階にある喫煙室で見かけることはない。どうやら手前にある営業部の前で話をしているようだ。煙草を吸うにはベティの横を通らないといけない。

管理部だと、喫煙するのは自己管理がなっていない人間と判断される。仕事もできない上に、煙草まで吸うのかと思われる。絶対に。……最近は喫煙室に行く回数が増えているし、残り香で『コイツ、吸っているな』と気づいている管理部の社員はいるだろうけれど、決定的な証拠を与えるのは嫌だ。

本社フロアのオフィスに戻るためエレベーターに戻ろうとして『サカワ』の声に足が引き止められる。自分のことを話しているんだろうか。行こうとしたが、どうしても気になり引き返す。立ち聞きしていると知られるのも嫌だし、見つかると面倒なので曲がり角の手前にある窓際に立ち、スマートフォンを耳にあて電話をかけている振りをした。

『私は今でも佐川が本社に必要な人間だとは思えないのよ』

ベティの声だ。

『営業での実績はあるけど、それはあくまで支社でのことでしょう。グローバルな視点のない佐川は本社に向いてないわ』

ストレートな言葉がぐさぐさと胸に刺さるが想定内。ベティは裏表のない人間だし、面と向かってそう言われたこともある。

『佐川はダンのコネで来たんだろう』

ギョッとした。いったい誰だと角の向こうをそっと覗き込むとミハイルだった。隣のデスクだが、担当している仕事が違うので、部内でも話をすることがあまりない男だ。そいつがなぜ、自分とダンに関わりがあると知っているんだろう。

『えっ、そうなの？』

『それ以外、考えられる？』

『彼って合理的じゃない。無能な人間は真っ先に切り捨てるタイプよ』

『ダンはゲイだろ。だからそういう意味で気に入っているんだと思うよ』

衝撃で心臓が竦《すく》み上がる。ベティは『信じられない』と呟く。

『佐川はホモフォビア《同性愛嫌悪》でしょう。さっきもゲイのエバンを罵《ののし》っていたわ』

『僕も聞いていたけど、あれは自分もゲイだと知られたくないからじゃないかな』

ベティはしばらく黙っていたが『ダンと関係があるなら、佐川があの程度のスキルで本社に来たのも納得できるわ』と頷いた。

『ダンはもてるし、佐川に本気だとは思えないんだよね。佐川がニューヨークの本社や他国の支社でやっていけるスキルがあると思えないから、彼が管理部にいるのはダンが赴任している間だけじゃないかな。次に赴任してくる予定のヒューイとも僕は仕事をしたことがあるけど、ダンよりも仕事に関してはシビアな人だ。人事権がヒューイに移れば、佐川のような男は即刻解雇するだろうね』

それ以上聞いていられず、佐川は後ずさるようにしてその場所から離れた。ダンに取り入ったとか、次の社長が来たら辞めさせられるとか、好き勝手言いやがって。色々な犠牲を払ってやっと本社に来たのに冗談じゃない。ふざけるな。絶対に辞めるものか、あいつらの思惑どおりになってやるもんか！

ヒューイ・アダムス、あのセクハラ外国人の顔が頭に浮かぶ。要は辞めさせられないよう、あのセクハラ外国人にも根回しすればいいだけの話だ。そういえばあの男もゲイだった。ダンと同じようにセックスと引き換えに条件をつけるとか……。

男同士のセックスがどういうものか知っているし、寝ることに抵抗はないが、こんなことを繰り返していたらいつまで経ってもおかしくなった体はもとにもどらず、壊れていく一方なんじゃないだろうか。

管理部へ戻り、パソコンに向かう。ひとまず仕事を続けようと思うのに、ベティとミハイルの会話が脳内で勝手に繰り返される。気分が無駄に沈み込み、いっそ逃げ出したい衝動に駆られるが、自分が何から、どう逃げ出したいのかわからない。

ベティとミハイル、自分の悪口を言っていた奴らがそろって部署に戻ってきた。上目遣いに奴らを睨む。気に入られていないのはわかっていたが、はっきり本人の口から聞くとダメージが大きい。自分の周囲の空気が、急に悪意で満ち満ちてくる。

汚物の中で仕事をしているような不快感の中、午後三時過ぎに悪口女のベティが近づいてきた。

『なんですか？』と、大したこともしていないのに、忙しくて手が離せないというポーズを作る。

『明日以降の仕事を戻してちょうだい』

ついさっき『ヒューイになれば解雇』と盗み聞きしていたせいで『仕事を戻す』が解雇の前振りのように思えてギョッとした。

『どっ、どうしてですか』

『あなたには明日から二日、ダン……社長の秘書を代行してもらうわ』

思わず『はっ？』と問い返していた。

『社長には二人の秘書がついているのは知っているわよね。一人はアメリカに帰省中で、残っていた日本人秘書が午前中、事故に巻き込まれたらしいの。命に別状はないそうだけど、数日入院する必要があるそうよ。社長は明日、明後日で札幌《さっぽろ》に出張の予定で、会話に不自由しないけど、読み書きは完璧ではないからサポートが欲しいと言われたの。取引先は日本企業だから本社の中だとあなたが適任だと思うわ』

管理部で日本人は自分だけ。日本語の微細な説明が必要だとしたら、自分以外に選択肢はない。たとえそれがダンの愛人でも関係ない、仕事とベティは割り切っている。理由も思考回路も理解できるが、あの男と二日間も二人きりなんて嫌だ。けっこう気に入られていたのに、一方的に関係を解消したので、絶対に恨まれている。確信できる。仕事にかこつけて、無理難題を押しつけられるかもしれない。

『社長のスケジュールはメールしてあるから。不明な点があれば、社長本人に確認してちょうだい』

断るという選択肢はない言い方だった。佐川の仕事を「たったこれだけ？」とでも言いたげな表情でベティは引き取っていった。仕事を奪われて、本当にすることがなくなる。仕方なくメールを開くと、そこにはダン・カーターの分刻みのスケジュールが送られてきていた。

サポートを依頼した時点で、来るのはかつての契約愛人だと予測していたのか、高級マンションまで迎えに来た佐川を見てもダンの表情は変わらなかった。

「代理で秘書業務を担当することになりました佐川です。不慣れで至らぬ点もあるかと思いますが今日から二日間、よろしくお願いします」

ダンは「よろしく」と浅く頷いた。その顔に明からさまな不快感や怒りは見られず、ひとまずホッとする。タクシーに乗り、佐川は前の座席、ダンは後部座席に座った。

タクシー運転手はマンションに着くまでは話しかけてきたのに、ダンが乗り込んでからは外国人に気後れしたのか、目的地を再確認しただけで無言だ。音楽やラジオの類《たぐい》もかけていないので、狭い車内にはエンジン音だけが響いている。

今は運転手がいて三人だが、二人きりになった時が問題だ。上司なのをいいことに、理不尽な要求や暴言といったパワハラを受けるかもしれない。考えているうちに、これから先の時間が不安に覆われていく。交通事故に遭《あ》い、後部座席のダンだけが死なない程度に怪我をしてこの出張が中止にならないかと、不吉な妄想をしてしまう。

四十分ほどで空港に着く。ラウンジでコーヒーを飲んでいる間も、ビジネスクラスにチェックインして飛行機に乗り込む際も、ダンは佐川の存在を認識しつつ、しかし一言も話しかけてこなかった。もとから日本語も堪能だし、ビジネス的な日本語なら十分に読める。ニワカ秘書の出番はない。

それでも何か秘書らしいことをと思い機内で「今日のスケジュールの確認をしてもよろしいで

すか」と話しかけたが「変更があるのか？」と問い返された。

「あ、いえ」

「全て把握している。必要ない」

一刀両断されて話が終わる。なんだか馬鹿らしくなって確認を取るのをやめた。

新千歳《しんちとせ》空港では、取引先の会社社長が自ら出迎えるという手厚さだった。まずは手配されていたタクシーでイタリアンレストランに行き、早目の昼食を食べつつ歓談する。通常、秘書は別室で待機だが、わからない単語や慣用句があると、向こうの伝えたいニュアンスが伝わらないかもしれないとのことで、佐川も同席させられた。食事はどれも美味しかったが、自分以外はみな社長、重役クラスでどうにも居心地が悪い。そして自分が解説を求められるような難解な日本語が会話の中に出てくることはなかった。

午後からは提携先の工場を視察し、担当者の話を聞く。レストランでの社長や重役との歓談では、盛り上がっている風でもどこか一線を引いたようなよそよそしさのあったダンが、現場では積極的に質問をしている。担当者は三十代前半で明るく喋りも上手い。実はこういう男がタイプで、狙っているんじゃないかと邪推《じゃすい》するほど熱心だった。それは確信に変わる。工場を出る際、ダンはその担当者に名刺を渡していた。

視察を終えると夕方になり、今度は老舗《しにせ》らしき料亭に案内された。ここでも佐川は同席を命じられ、ようやく一つだけ仕事をこなした。お品書きにかかれていた「鰊」という漢字の読みがわからないというので「にしん」だと教えた。

夕食のあと、取引先はダンをキャバクラへと誘っていた。ゲイでも社交辞令で行くんだろうかと思って見ていたが、「部屋で休みたいので」ときっぱり断っていた。

午後十時、入院していた秘書が手配していたホテルに入った。チェックインをすませ、ダンの荷物を部屋へと運ぶ。荷物といっても、小さなスーツケースが一つだったので本人が運べないこともないが「自分で持っていってくれませんか」とは言えなかった。

部屋はエグゼクティブルームで、都内でダンがよく使うホテルよりグレードは落ちるが、コンパクトにまとまり使いやすそうな間取りだった。そして秘書の佐川が泊まるのは、当たり前だが何段階かランクが低い下の階の部屋だ。

スーツケースを荷物用のスペースに置けば終わりかと思っていたのに、ダンがスーツの上着を脱ぎ始めた。無言で差し出してくるので、受け取ってハンガーにかける。ネクタイも解き、シャツの胸許にあるボタンも上から二つ外して寛げた。

フッと息をついて広々としたソファに腰掛ける。それを横目に、ネクタイの皺をのばしハンガーにかけながら、早くこの場を離れたほうがいいような気がしていた。二人きりでも夜の空気はまた少し違っていて、ダンは滅多にこちらを見ないが威圧感が増している気がする。

「明日、午前十一時にお迎えにあがります。他に何か御用はありませんか」

ダンがこちらを見た。

「朝食はどうなっている？」

慌ててスケジュールを確認する。朝食のことは書かれていない。背中がヒヤリとする。

「少しお待ちください」

フロントに確認すると、午前九時にコーヒーとサンドイッチを部屋に運ぶ手はずになっていた。

それを伝えると、ダンは浅く頷いた。そういえばダンの朝食はいつもコーヒーとパンだ。出張の時も同じスタイルにしているようだが、渡されたスケジュールにその部分の記載はなかった。入院中の秘書にとって朝食の手配は当たり前で、わざわざ明記しておくことはなかったのだろう。そのせいでこっちは少し焦ったが。

「他に何かありませんか」

これで終わりだろうなと思いつつ最終確認する。ダンはソファの肘掛けに右肘をつき、寛いだ表情で「セックスのできる男を」と呟いた。

「えっと……それは……その……」

舌が絡まって上手く言葉が出ない。

「地方都市とはいえ、金で買える男はいるだろう」

元愛人に、自分の下半身を満足させる相手を連れて来いと命じるその神経が理解できない。これは自分に対する当てつけ……嫌がらせか？

「その、いや……しかし……」

佐川が戸惑っていると「呼べないのか？」とダンはこれ見よがしに眉をひそめた。

「いつもの秘書なら、すぐに手配をするが」

頭がカッとなる。そういうプライベートな下半身の世話を秘書にさせること自体がおかしい。この非常識な男に、何か言い返してやらないと気がすまない。

「失礼ながら、好みがわかりませんので」

「挿入できるなら容姿は問わん。一時間以内に呼べ」

ダンは立ち上がり、バスルームに入っていった。どうして自分が……と頭の中はグルグルしていた。社長は出張先で男を買うなんて、秘書はスケジュール表に書いていなかった。いや、そんなスキャンダラスなことは書けもしなければ、教えられもしないだろう。

もし呼べなければ、ダンにどう思われるだろう。秘書代理はその程度のこともできないと馬鹿にされるんだろうか。

佐川はスマートフォンを取り出した。女の風俗なら手順はわかるが、ゲイの売春なんて検索したこともない。どういうワードを打ち込めばいいのかもわからず、とりあえず都市名、ゲイ、売春と入力する。店はヒットするが、女の風俗に比べて数が圧倒的に少ない。よって選択肢はない。その中でも所属している男の数が多い店を選び、プロフィールをクリックする。できるプレイ内容の一覧があり、読んでみるとアナル挿入NGが意外に多い。

まずその店に電話してみる。男の従業員が出て、今からアナル挿入ができる男はいるか聞いてみると、あいにくみんな出払っていると言われた。検索で出てきた一番男娼の数が多い店なのに、挿入に対応できる男が一人もいないというのは困った。

従業員は『普段はもう少し融通がきくんですが、休みの前日ですからね』と淡々としていた。どうしてもというなら、午前二時からなら一人空くと言われ、一旦電話を切った。

ダンがバスローブ姿で出て来る。見慣れた姿なのにやけに生々しく感じ、視線を逸らす。スマートフォンを見る振りで俯いたまま「午前二時からなら一人、空いているそうなんですが……」と現状報告する。現在時刻は午後十時三十分。ダンの反応は「話にならんな」と案の定だ。

「休みの前日で、人が出払っているらしくて……」

従業員の台詞《せりふ》をまま伝える。

「お前は俺が希望するものを、希望する時間に持ってこれないということだ」

反論できない。

「普段の仕事だけでなく、秘書としても無能ということだな。もういい。行け」

瓶ビールを直飲みしながら、犬猫を散らすように右手を払う。ぞんざいな態度に、激しい怒りを覚えた。地方都市でいきなりゲイの風俗を呼べなんて非常識だし、希望した時間に呼べないからといって責められるのは理不尽だ。しかもそれは仕事とは関係のない、ダンの下の事情。最悪だ。

しかも秘書ついでに、普段の自分の仕事まで絡めて「無能」と言い放った。契約で愛人をしていた時は、仕事のことなんて何一つ聞かれなかった。けれど実は言わなかっただけで本社での自分の評判が決してよくはないことを知っていたのかもしれない。それを今この場所で、この状況で言ってくるのがクソ腹が立つ。

怒りのあとは、虚しさがこみ上げてくる。こいつが必要以上に尻を弄り回し開発したせいで、女とセックスできなくなった。これは将来にも関わる重要なことで、自分は風俗や病院に通って地道にリハビリを続けているのに、元凶になったこの男は自由にセックスを楽しんでいる。ふざけるな。お前のせいだ。お前のせいで人生がおかしくなった。

こいつが嫌がることをしたい。悔しがる顔が見たい。馬鹿にして、笑い飛ばしたい。ダンはもう自分を見ていない。それでもこちらを意識していると知っている。自分に感情のようなものが、未練が残っているのも感じる。そうでなければ、そう必要でもないのに、本社にいる唯一の日本人である自分が選ばれそうな条件をつけて、代理の秘書をよこせとは言い出さないだろう。男を呼べなんて、お前のことなんて気にしていないアピールの、これ見よがしな嫌がらせはしないだろう。

ゆっくりと元凶の男に近づく。ソファに座り、バスローブ姿で寛いでいたダンは、ビール瓶をテーブルに置いた。

「容姿は問わないってことなら、俺でもいいってことですか？」

営業用の爽やかな笑みも添えてみる。ダンの目が驚いたように大きく見開かれた。それまでの高飛車《たかびしゃ》な態度や皮肉が消え、ただただ信じられないといった顔をしている。長く一緒にいたから、それくらいの感情は読める。

「時間外なんで、それなりの料金はもらいますけど」

黙り込むダンを、佐川はじっくり観察した。挿入できるなら誰でもいいと言っていたのに、即答できないのはなぜか。金が介在した関係と知りつつお気に入りだった男に、「結婚」や「女」という、自分には太刀打ちできないパワーワードで振られて、諦めていたのにまた抱けそうになっているからだ。前と違うのは「肉体を金で買うだけの二番手」の位置をダンが受け入れるかどうかという部分だろう。ダンの迷いが長ければ長いだけ、葛藤《かっとう》すればするだけ、自分への思いの深さが窺えてゾクゾクする。

「……いくらだ」

仄暗い喜びが全身に満ち溢れてくる。やっぱりこの男は自分のことが好きなのだ。人のものと知りながら未練がましく引き寄せ、ねちっこい嫌がらせをし、無能だなんだと言い放っていたのに、こちらが相手をしてやるとなると手のひらを返したように折れてきた。たとえ折れなくても、迷った時点でこちらの勝ちも同然。愉快でたまらなくて、佐川は「ハハッ」と笑った。

「本気にしないでくださいよ。冗談ですよ、冗談。もうあんたとは寝ないって言ったじゃないですか」

愕然としたダンの表情に、ザマアミロと心の中で舌を出す。

「俺は無能な秘書なんで、申し訳ないですけど今晩は右手でシコシコ頑張ってください」

言葉で激しく往復ビンタする。ダンの表情が怒りではなく、絶望に覆われるのがたまらない。

「では失礼します。明日の朝、お迎えにあがりますので」

男に背を向けたその瞬間、シャツの首回りがググッと喉に食い込んだ。凄まじい勢いで後ろ向きに引っ張られ、グイグイと喉が絞まる。苦しいのに声が出せない。死という単語が脳裏を過り、必死になってシャツと首の間に指を入れようとしたところで、勢いよく投げ飛ばされた。俯せに倒れ込み、眼鏡が吹き飛ぶ。拘束から解放され、一気に空気を吸い込んだ喉がヒュウッと鋭い音を立てた。息をすることが最優先で、床で膝と横っ腹を打ちつけた痛みも気にならない。

俯せたまま、とにかく呼吸を整えようと喘いでいるところで右腕が背中に回される。あっ、えっ……と戸惑っているうちに左腕も引っ張られ、背中でひとまとめに拘束された。何か紐のようなもので縛られたのか、ピクリとも動かせなくなる。

「何するんだよっ」

喉が締まった後遺症か、怒鳴り声が掠れる。背中に人の熱が覆い被さり、そしてスラックス越しに股間をきつく摑まれた。

「ひっ」

そこがグッと縮み上がる。前もそういう愛撫をされたことはあるけれど、ここまで強い力じゃなかった。社長室で男と決別した際、デスクやパソコンに当たり散らしていた姿を思い出す。男は怒っている。勢いのままそこを握り潰され、男として完全に壊される可能性がないわけじゃない。

「やめろ、離せっ」

背中の男は何も言わない。顔も見えない。感じるのは、獣のような息づかいと気配だけ。ベルトが引き抜かれ、スラックスが下着ごと引きずりおろされる。生肌が空気に晒《さら》され、これから起こることをいやでも予感する。乱暴な指は震える双丘を乱暴に鷲摑みにし、左右に押し広げた。

頭の中に「おい、待て」「待てったら」と単語が飛び交う。自分はセックスに同意していない。相手が自分でもいいかと聞いたのは、冗談で……それなのに、どうしてこんなことになってるんだろう。理由は自分がこの男を怒らせたからだ。そして力でねじ伏せられ一方的に突っ込まれようとしている。同意のない行為は、レイプだ。犯罪だ。

固く細い何かが、なんの予告もなくぬぷりと尻に押し入ってきた。佐川は「ひっ、やだっ」と悲鳴をあげた。長らく放置していて、久しぶりにスイッチを入れた機械のように、そこは指の感触をダイレクトに性器に伝え、ビクビクと震わせる。やばいやばいやばい。これはすごく気持ちいいやつだ。けど……。

「しっ、尻は嫌だっ」

大声で叫んだ。ここを使ってまた気持ちよくなってしまったら、これまでのリハビリの成果が無駄になってしまう。絶対に使いたくない。それなのに押し込まれた指は、サッササと慣れろと言わんばかりにそこを乱暴に広げていく。

「おっ、お願い。お願いだからペニスは入れないで。おねが……」

必死で訴えるも、熱いそれが尻にあたる。そして一気にグオッとねじ込まれた。

「ひいいっ」

背中が反り返る。吐きそうになるほど大きく、熱い。入り口は開き切ってピリピリしているのに、中はゾワッと鳥肌が立つほど気持ちいい。大きいのが入って、圧迫されている感じがいい。前後に動かれ、快感を引きずられ、掻き回されて「あっ、ひいっ」「ひあんっ」と自分でも情けないほど甘ったるい声がでる。自分の手で口を塞ぐこともできず、喘ぎを止められない。なかなか勃起しなかった問題児のペニスが、ずっと死んでいるようだったそれが、内側から沸き起こるとろけるような刺激で固くなり、別物のようにピンと張りつめる。この刺激は正しくない。間違っている。ちゃんと女の中に挿入し、ペニスで感じないといけないのに、体が言うことを聞かない。

「嫌だと言いながら、コレか」

膨れ上がり、歓喜の蜜をこぼすペニスをグッと強く握られる。大きな手の中で、人質に取られたそれがドクドクと脈打つ。

「尻に入るなら、棒きれでも感じそうだな。この淫売が」

ダンの動きがいっそう激しくなり腰を摑んだままガクガクと揺さぶられる。中出しされたような気がすると思っていたら、ズチュッと太いものが引き抜かれた。

意に添わぬセックス、レイプされているのに、自分は勃起しているし、射精したい。震えるほど感じているこの状況を自分でもどうすればいいのかわからない。

俯せていると、腰を抱えられた。まるで荷物のように運ばれ、ベッドに乱暴に放り上げられる。そして今度は仰向けの体勢でダンがのしかかってきて、両足を大きく開かされた。勃起したペニスがダンの腹に擦れて気持ちいい。けれど駄目だ。

「こんなの嫌だっ、嫌……ひいっ」

前から一気に貫かれる。パシンパシンと肉のぶつかる音がする。ワイシャツのボタンが飛ぶ激しさで胸を開かされ、乳首を乱暴に摘み上げられた。

「痛い、痛いって」

恨みでもあるのかと思うほど乳首を虐《いじ》められる。ダンは腰を激しく突き上げながら、怒った犬のように肩や腕、首筋に嚙みついてきた。

「マジ痛いんだって！」

躾《しつけ》のできない犬のように嚙むのをやめない。痛みと快感が混沌《こんとん》と混ざり合い、突き上げられ、嚙まれる右腕が痛い痛いと思いながら射精していた。どうして気持ちいいんだろう。こんなのレイプなのに、嚙まれているのに、感じるんだろう。まだまだ欲しいみたいに中がずくずく疼くんだろう。自分のアタマ、おかしいんじゃないか。

正常位に飽きたのか、今度は体を横にされた。上になった右足を持ち上げられ、横向きのまま挿入される。この体勢は初めてで、微妙な位置にカリが当たる。いいところから少しずれていてもどかしい。そこに合わせたくて腰が勝手に動く。

背中で拘束されていた紐がいつの間にか緩み、ほどけて両手が自由になった。逃げないといけないのに抵抗もせず、枕を引き寄せて顔を隠すとか無意味なことをしてしまう。ダンのペニスが気持ちよくて怖い。じわっと涙が浮かんでくる。嫌だ、怖い、怖い、怖い。

「も、やめてくれよぅ」

一度頬を伝ったら、それがスイッチになって涙があとからあとからこぼれ落ちる。

「お願いだからやめてくれよう。本当に俺の体、駄目になるから……」

「何が駄目だ、嘘をつくな」

張りつめたペニスを握られたまま、突き上げられる。

「……だって、今だって普通にできなくて……」

ずるりとダンが抜けていく。喪失感は数秒で、今度は体を俯せにされた。重なってくる重たい体、閉じ切らないそこに栓をするとばかりにずぶずぶと入ってくる。

「……女に挿れられなくなったか？」

笑いを含んだ悪魔の声が耳許に囁く。黙っていると「答えろ」と肩に噛みつかれ、痛くて半泣きになりながらコクリと頷いた。

「お前は感じやすいからな。体は一度覚えた刺激は忘れない。……ドラッグと同じだ」

ズンズンと背後から突き上げられ、そのたびにベッドがミシミシと大きく軋《きし》む。この奇妙な安《あん》堵《ど》感はなんだろう。気持ちよくて、ただただ気持ちよくて、喘ぐマシンになったみたいに「はあっ」「ああん」とエロい声しか出てこなくなる。そんな口の中に指が差し込まれてきた。塩の味がするそれを、口の中に入ってきたという理由だけで舐め回す。背後から押し殺した笑い声が聞こえたが、そんなのもうどうでもよかった。

気づけば、ベッドの上で仰向けに横たわり、ぼんやりと天井を見ていた。意識が飛んでいたのはほんの十分ほどだったように思うのに、夜だったはずのカーテンの向こうがぼんやりと明るくなってきている。

体は汗とも精液ともつかぬ体液でべとべとしているし、股関節《こかんせつ》は軋み、尻にも感覚がない。レイプまがいの酷いセックスだったのに、それまでくすぶっていた性欲もまとめて昇華《しょうか》されたように気持ちはスッキリしていた。

ダンは隣にいない。半身を起こすと尻がズクンと疼き、その痛みが落ち着くのを待ってから、眼鏡を探した。ヘッドボードに置かれていたのをかけて周囲を見渡すと、ダンはワイシャツにスラックスとビジネスマンの制服を身につけ鏡の前でネクタイを締めていた。

佐川が目覚めたことに気づいたのか、ゆっくり近づいてくる。犯られました感が満載の小汚い自分と、情事の余韻を微塵も感じさせない男。

ペシャッと音がして、シーツの上に数枚の一万円札が散らばった。顔を上げる。ダンは冷めた目で佐川を見下ろしていた。

「あとで犯り逃げだと文句を言われるのは不本意だからな」

「本社への引き抜き」という報酬が欲しくて、ビジネスでダンと寝ていた。視覚的に言えば「こういうこと」なのに、声も出せないほどショックを受けている自分に気づいた。

「それを拾って、サッサと自分の部屋に戻れ。目障《めざわ》りだ」

男の風俗がダンの希望する時間に用意できなかったから、自分は代用にされたのだ。そのつもりはなかったのに、こちらの意志を無視して関係を強要された。レイプされたと訴えたところで、お前も楽しんだ、感じただろと言われそうだ。

惨めなレイプにしないため、ビジネスだと割り切るため、万札に手を伸ばす。自分の価値を拾い集める。なぜか息苦しくなってきて、札を掴む指先が震えた。全てを拾い上げ、顔を上げた佐川は握り締めた金をダンに投げつけた。

「あ……あんたのせいだ」

声が掠れて上手く喋れない。

「あんたが俺を尻でしか感じないような異常な体にしたんだ。全部全部全部全部あんたのせいだ！」

ダンは腕組みし、鼻先で笑った。

「女よりも男との相性がよかったというだけの話だろう」

床に散らばる紙幣を、ダンはこれ見よがしに踏みつけた。

「淫乱な尻穴が疼いて仕方ない時は、ゲイのたまり場に行くことだな。そうすれば犯してもらえるぞ。ハッテン場の公園を教えてやろうか？　若いほうが好まれるし、ペニスが欲しい雌犬は多いから、お前のような下手くそは誰にも相手にされんかもしれんが」

ゲイではないのにゲイの話をされる。そうじゃない。そういうことじゃない。

「確実に安全に犯されたいなら、金を出してペニスを買うことだな」

最悪な未来を楽しそうに予言する。我慢できなくなり、ベッドを降りてヨロヨロとダンに近づいた。殴るつもりでシャツの胸許を摑んだのに、股の間からじわっとあふれ出してくる感触で勢いが止まる。中出しされたそれが太腿を伝ってこぼれ落ちてくる。

佐川はブルブル震えた。もし……もし自分の体がもとに戻らなかったら、ダンの言うように見ず知らずの男のペニスを金で買うようになるんだろうか。男なのに、男を買わないといけなくなるんだろうか。そんな惨めなのは嫌だ。

床が抜け、下へ下へと落ちていくような感覚に、慌てて握り締める両手に力を込めた。どうしてこんなことになった？　人よりもほんの少しだけ上に行きたかっただけなのに、なぜ人生が修復不可能なほど惨めなことになっているんだろう。

見上げると、そこにあるのは自分を蔑む緑の瞳。どうしてそんな目で見る？　そんな酷いこと言うんだよ……俺も悪かったけど……少しは悪かったかもしれないけど……。

震える膝に力を入れ、摑んだ胸許を引き寄せた。突き飛ばされそうで、罵られそうで、怖くて泣きそうになりながらダンにキスした。

「し……らない男は嫌だ」

金魚のように口をパクパクさせさせながら訴えた。

「他の男は嫌だ」

蔑んでいた目が、スイッチに触れたように怒りに転じる。背後から髪を鷲摑みにされ、顎が大きく後ろにのけぞった。そのまま嚙みつく勢いで乱暴なキスをされる。キスをしながら怒られているようで怖い。そうしているうちに荒っぽさが薄れ、こちらの快感を探ってくるような感じになる。そのうち以前のような、しつこいキスになってきて、情の片鱗《へんりん》を感じてホッとした。唾液がしたたるほど貪られて、ようやく唇が離れる。

「……俺のものになるか？」

問いかけは驚くほど甘く、優しかった。

「俺のものになるなら、その体を満足させてやる」

惨めな思いはしたくない。優しくされたい。佐川は震えるように頷いた。ダンが微笑み、その表情に安堵したのも束の間「自分のものになった男に、俺は甘くないぞ」と怖い顔で脅された。

ダンの右手が背骨に沿って下り、じわじわと漏れ出すそこに指を突っ込まれる。

「ここを俺以外の男に使うことは許さない。お前のここは俺のものだ」

乱暴な指の動きに感じてしまう。レイプまがいに一方的に犯されたのに、こんなのまともじゃないのに、逃げ道が断たれ、この男に呑み込まれていく自分が見える。

「怖い」

涙が出てくる。これから先、自分がどうなるかわからない。未来が見えない。

「勘違いをするな」

男が耳許に囁いた。

「俺がお前を選んだんじゃない。最初に、お前が俺を選んだんだ」

昼食を予定していた相手が、出張先からの帰りに飛行機トラブルに見舞われ、時間に間に合わないので、延期してもらえないだろうかと連絡を入れてきた。急いだ用件ではなかったので中止。後日改めて予定を組むことにした。

今日の昼の十二時から二時まで、ぽっかりとダンの時間が空いてしまった。予定の一時間前という間際のキャンセルだと、他の予定を繰り上げたり繰り下げたりの調整が難しい。他に入れられそうな予定はないか探ってみたが、やはり無理。ダンはスケジュール管理には柔軟なタイプなので、空き時間ができても勝手に何かするだろう。

ノックもなしに秘書室のドアが開き、驚いた。慌ててパソコン画面から顔を上げ、眼鏡のブリッジを押し上げた。最初に目に飛び込んできたのは金髪。こんな明るい金色は管理部にはいない。

「こんにちは、リョウスケ」

明るい笑顔を向けてくるその男は、来年……再来月から日本支社の社長に就任予定のヒューイ・アダムスだ。佐川は慌てて椅子から立ち上がった。

「お久しぶりです」

数か月前、ヒューイが日本に来た時に、彼たっての希望で佐川が社内を案内した。彼は英語が堪能なので通訳など必要なかったが「ダンの相手」としての自分に興味があったようで、案内の最後に尻を揉まれた。セクハラ男にいい印象はない。

「ダンの秘書になったんだってね」

「あ、はい」

意味深なヒューイの微笑みを、見なかった振りで無視する。北海道の出張から帰って翌週に辞令があり、佐川はダンの秘書に指名された。ダンの秘書は本社の外国人、現地採用の日本人と二人いたが、外国人の秘書は重役の娘で、秘書とは名ばかりでほとんど仕事をしておらず、休暇でアメリカ本国に帰ったきり戻ってこなかった。日本人の秘書は事故で入院していたが、たまたま大きな病気が見つかってそのまま休職することになり、秘書の枠がぽっかりと空いた。

ダンの一存で決められた人事で、佐川にはなんの相談もなかった。出張の際にニワカ秘書を務めただけ、本格的な業務スキルはなく不安しかなかったが、社長秘書ということで身なりに気をつけたり、指定されたエリアで美味しいレストランを探したりするのは楽しくて意外と自分に合っていた。誰かと競うこともなければ、能力を比べられることもない。ダンは接待や会合が多く、相手は日本企業の役員がほとんどなのでやり取りはほぼ日本語になり、英語漬けだった管理部に比べ精神的に楽だった。

「ダン、いる?」

ヒューイはドアの向こうに視線を向ける。

「少々お待ちいただけますか」

内線を使ってダンに連絡を入れる。

『どうした』

聞こえてくる声は低く、そして甘い。

「本日の昼食の予定ですが、先方の都合でキャンセルになりました。それから今、ヒューイ・アダムス氏がいらしていますお通ししてもよろしいですか」

『追い返せ』

思わず「はっ」と声が出た。慌てて「それでよろしいですか?」と問い返す。

『構わん』

ボスの言葉には逆らえない。がしかし、それをストレートに伝えると人間関係が破綻《はたん》する。

「社長は今、手の離せない案件を抱えていて、時間が取れないとのことでした。申し訳ありませんが本日はご遠慮いただき、また次の機会にということにさせていただいてもよろしいでしょうか」

「聞こえてたよ。追い返せなんて酷いな」

ヒューイがニヤニヤしながら近づいてきて、佐川の顎を摑んだ。

「前より色気が出てきたね。ダンに毎晩、可愛がってもらってる?」

動揺を隠し切れずに頬が引き攣《つ》る。この男は契約してセックスしていた頃の自分を知っている。そして今、ヒューイだけじゃなく管理部のほぼ全員が、自分はダンの恋人だと確信している。周知の事実だとしても、無視されるのと、面と向かって言われるのとでは心理的なダメージが違う。

「奴のは大きいだろ。あんなのを毎回入れられたらアナルが壊れちゃうよ。それともダンのサイズに合わせて拡張した?」

会社の秘書室で、居酒屋でクダをまく酔っぱらいオヤジ相手のようなエロトークを聞くことになるとは思わなかった。

「ご質問にはお答えしかねます」

凛とした顔を作って拒否すると、頬に素早くキスされた。何が起こったのか認識する前に尻を揉み上げられ「ひっ」と声があがる。

「今度、私とも遊んでほしいな」

甘く響く声で囁かれる。

「私のほうがダンより上手いよ」

指の腹でねっとりと佐川の唇を撫でる。その雰囲気にあてられそうになり、慌てて後ずさると、ヒューイは「人生は楽しんだもの勝ちだよ」とウインクし、勝手に社長室のドアを開けた。

「あ、ちょっと！」

制止を聞かず、ずかずかと中に入っていく。デスクで仕事をしていたダンが、追い返す予定だった知人を不機嫌な顔で睨みつけている。

「どうして入ってきた。帰れ。今は忙しい」

そんな拒絶をものともせず、ヒューイは「会えて嬉しいよ」と微笑み、堂々と来客用のソファに腰掛ける。ダンはこれ見よがしにため息をついて椅子から立ち上がり「何しに来た」とヒューイの向かいにやってきた。

「君に相談したいことがあってね」

ヒューイが英語で喋り始める。どうやら仕事のことらしく、ただの冷やかしでもなさそうだ。

社長室を出て、前の秘書の申し送りリストを確認する。この時間だと、話が長くなれば二人でランチに出るかもしれない。ヒューイ・アダムスに好き嫌いはなさそうなので、近くて個室のある和食、洋食、中華の店をピックアップしておく。どれかはいけるだろう。

コーヒーを二人分いれ、社長室に持っていく。ヨットだなんだと話をしていたので、仕事の話は終わったようだ。ヒューイは早々に帰るかもしれないなと思ったが、ひとまずコーヒーを置く。

トレイを手に社長室を辞そうとした時、ダンと目が合った。

「隣に座れ」

そう指示され、嫌な予感がした。ダンが自分を呼び寄せる時は、高確率でセクハラがセットになっている。社長特権で公私混同するこの男は、気が向けば社長室でも平気で触れてくる。これまでは二人きりの時だったので応じてきたが、今はヒューイが同席している。

人前でやらかされそうで躊躇っていると、ダンの目が『どうして俺の言うことを聞かない』とでも言いたげな剣呑《けんのん》なものになってくる。ヒューイは自分とダンの関係を知っているし、流石に人前ではしないだろうと判断し、隣に腰を下ろした。すると待っていたとばかりに腰を抱き寄せられた。

「ちょっ」

跨ぐような形でダンの膝の上に引き上げられ、問答無用でキスされた。長らくおあずけを食らっていたようなせっかちなキスを。人が見ている前でも遠慮のない男にムッとしたが、見せつけているんだなと気づいてからは逆らわないことにした。拒否したらそれはそれで不機嫌になるだろうし、見せつけている相手は普通の社員ではなく、重役とはいえゲイで慎みのないセクハラ男だ。

社長室に粘膜の混ざり合う湿った音が響く。鍵をかけていないのにこんなことができるのは、ダンは秘書の自分が許可しないと誰も社長室に入れないからだ。

最初のうちは背後にいる来客の気配を意識していたが、そのうち気にならなくなった。キスしながら何度もダンは股間に触れてくる。キスで感じているか、わざわざ確かめているのだ。猛烈に鬱陶しい。

半勃起したところで、ようやく唇が解放された。おそるおそる振り返ると、ヒューイは頬杖をついて薄ら笑いを浮かべ、ポルノを鑑賞する目でこちらを見ていた。途端、自分たちのしていたことが猛烈に恥ずかしくなる。ダンから離れようとすると、その気配を察したのか逆に強く引き寄せられた。

「どうしようもないエロ社長だね」

ヒューイが目をすがめる。ダンは挑発的にフフンと笑い、佐川の尻を強く揉んだ。小さく声があがる。

「どうせなら、やってるトコも見せてほしいな」

「嫌だ。コレを欲しがられたら困る」

ダンの本気に、ヒューイは声を立てて笑う。「俺のもの」宣言をしてから、ダンの自分への干渉は日に日に酷くなっている。ルームシェアと言う名の同棲を強要されたことから始まり、終業後は一時間に一度はＳＮＳに連絡を入れないと電話が掛かってくる。

飲み会への参加はできるが、一次会だけ。帰ってきたら尻の穴を裏返すような勢いで全身をチェックされる。それが面倒で滅多に行かなくなった。前は「他の男と寝たら許さない」だったのが、最近は「俺以外の男と寝たらそいつを殺すぞ」と凶暴さが増した。浮気という言葉を、たとえ冗談でも口にできない。

ダンの指が佐川の股間に触れ、スラックスのジッパーをジリジリと引き下げた。半勃起したそれがボクサーパンツを押し上げている。そこから指を差し込み、ダンは佐川のペニスをひょいと引き出した。

「何すんだよっ」

排尿では馴染みのスタイルだが、トイレ以外の場所でコレをやっていたら変態だ。しかも自分のペニスには……。

ダンは佐川の体を捻って客人と対峙させる。アレがヒューイに見られそうになり、慌てて膝を閉じた。好色な青い瞳が、テーブルの向こうから身を乗り出してくる。

「お前のそれを、奴に見せてやれ」

ダンが佐川のきつく閉じた膝頭をトントンと指先で叩いた。

「嫌だっ」

「なぜ恥ずかしがる?」

耳許に囁き、ダンは背後から佐川の両膝に手をかけると、ゆっくりと左右に引いた。見られたくない。絶対に嫌だ。恥ずかしい。みっともない。けれど強い力に抗えず、膝がじわじわ開いていく。

「それはペンで書いてあるのかい?」

青い瞳が半勃起した佐川の先端をまじまじと見つめる。

「いいや、タトゥだ」

ダンが教える。ヒューイは額に手をあて、ハハッと笑った。

「前から君は趣味の悪い男だと知っていたけど、ここまでとはねえ」

触れそうなほど近くに伸びてきたヒューイの手を、ダンが乱暴に払いのける。

「これに触っていいのは俺だけだ」

ダンに先端を撫でられ、腰がビクビクと震える。親指の下から見え隠れしているのは、入れ墨。流麗《りゅうれい》な筆記体で刻まれたダンの名前。そんな場所に入れ墨するなんて絶対に嫌だった。亀頭に入れ墨なんてしてしまったら、小用便器が使えなくなる。何度拒否してもダンは引かなかったし、しつこかった。最後は根負けし、嫌々ながら了承した。けれどプロによる施術が始まり数秒も経たぬうちに、自分の判断を後悔した。死ぬかと思うほど痛かったし、真っ赤に腫れて熱が出た。

「これから先、お前のペニスをしゃぶる男は、俺の名前ごと咥え込むことになるな」

腫れがおさまった佐川のペニス、名前の部分を嬉しそうに撫でながら、男はご満悦だった。ここまでしてやったんだから、自分への束縛も少しはマシになるんじゃないかと思っていたが、余計に酷くなっている。

自分の名前を弄ることに飽きたのか、ダンは陰茎の下から指をしのばせてパンツの中に潜り込み、今朝方までしていてまだ柔らかいソコに中指を押し当てた。

「えっ、嫌だっ」

ずぷっと中に入ってくる。「ひあっ」と声をあげると、顔を後ろに向けられキスされた。キスしながら指が深くまでズズと入ってくる。

所有者の名前を刻まれたペニスがユラユラと揺れる。それを傍観者《ぼうかんしゃ》の青い瞳が物欲しげに見ている。恥ずかしいのに、見られていると思うと興奮する。エロ動画に視姦というジャンルがあるが、自分にもそういう性癖があるのかもしれない。ダンには自分が知らなかった、知らなくてもよかったエロスを次々と引き出される。

自分の中を掻き回すダンの指は気持ちいい。けれど足りない。もっともっと大きいのが欲しい。大きくて熱くて柔らかいのが……すごく気持ちいいそれが。指を入れられた部分がそれを欲しがるように勝手に収縮する。

別れる前より、自分の体はダンとのセックスに取り込まれている。前はペニスが欲しいなんてことは思わなかったのに、今は入れられたいと思う。そんな自分が怖い。女のように挿入されて感じる体になってしまい、これから自分がどうなっていくのかわからない。結婚、子供、普通の生活、思い描いていた未来像がどんどん遠ざかり、見えなくなっていく。

何がどうして、何がきっかけでこんなことになったんだろう。記憶をさかのぼっていくうちに、雨の日のビジョンが見えてくる。あの時だ。あの時……雨が降っていて、ダンがカフェの軒下に駆け込んできて……。

指が抜け、下着とスラックスを脱がされた。下半身につけているのは靴下だけで体を向かい合わせにさせられる。ダンがスラックスの前を寛げ、育ちきったソレを取り出した。大きくて柔らかく、反り返ったもの。それがどんな風に自分の快感を引きずり出しよがらせるか、知っている。佐川は膝を立て、ダンのシャツの裾を自分の先走りで汚しながら、ヒクヒクと震える自分のそこに反り返ったものをあてがった。ゆっくりと腰を落とす。先端が押し入ってくるゾワゾワッとした快感に続いて、内側からズルズルと擦れていく感触がいい。

自分で腰をくねらせながら「あっ、あっ」と喘ぐ。もうたまらない、漏らしそうになるほど気持ちいい……キスがしたい。ぐちゃぐちゃしたキスで上も下も気持ちよくなりたい。

「美味そうだなあ。私にも味見をさせてくれよ」

存在をすっかり忘れていた男の声が聞こえる。

「断る。俺の最高傑作は誰にも食わせん」

自分の名前が刻まれた先端をねっとりとした手つきで撫でながら、ダンは喘いでいる佐川に望み通り、すくい上げるようなキスをしてきた。

「漆黒の華」書き下ろし

あとがき

このたびは「鈍色の華」を手にとっていただき、ありがとうございました。もとは「エロとじ♥」というエロメインの小説アンソロジーに掲載された短編に続編、そしてサイドストーリーをプラスしたものになります。本編も続編もサイドストーリーも清々しいほどエロなので、エロをお楽しみいただけたらと思っています。エロからはじまりますが、最後はみんな運命の相手を求めて彷徨ってゆきます。そして私にしては珍しく、外国人の攻様が登場します。

イラストはZAKK先生にお願いしました。先生なら素敵な外国人を描いてくださるはずと思っていたので、理想通りのキャララフをいただけてとても嬉しかったです。ありがとうございます。挿絵や口絵もすごく見たいシーンをお願いして、描いていただけました。しかし口絵は指定がきわどすぎて隠さないわけにはいかず、編集長から「どうしてこのシーンを口絵に指定したんですか」と指摘が入ったそうです。「そんなのそこが見たかったからに決まっているじゃないですか～」と担当様と話したことでした。そして口絵はZAKK先生がギャラクシーな雰囲気で華麗にまとめて下さっています。心の目で宇宙の果てを妄想ください。

今回は後半バタバタして担当様とZAKK先生にはご迷惑をおかけして大変申し訳ありませんでした。

初めて読まれる方も、いつも読んで下さっている方も、少しでも楽しんでいただけると幸いです。また次の本でお会いできますように。

木原音瀬

ビーボーイノベルズをお買い上げ
いただきありがとうございます。
この本を読んでのご意見・ご感想
をお待ちしております。

〒162-0825 東京都新宿区神楽坂6-46
ローベル神楽坂ビル４Ｆ
株式会社リブレ内 編集部

リブレ公式サイトでは、アンケートを受け付けております。
サイトにアクセスし、TOPページの「アンケート」から該当アンケートを選択してください。
ご協力をお待ちしております。

リブレ公式サイト　http://libre-inc.co.jp

B●BOY NOVELS

鈍色《にびいろ》の華

2017年7月20日 第1刷発行

著　者 ——— 木原音瀬

発行者 ——— 太田歳子
発行所 ——— 株式会社リブレ
〒162-0825
東京都新宿区神楽坂6-46ローベル神楽坂ビル
営業　電話03(3235)7405　FAX03(3235)0342
編集　電話03(3235)0317
印刷所 ——— 株式会社光邦

この書籍の用紙は全て日本製紙株式会社の製品を使用しております。

Printed in Japan
ISBN 978-4-7997-3355-4